同文書庫·厦門文獻系列 第五輯 壹

馬巷集

黄家鼎·撰

厦门大学出版社
XIAMEN UNIVERSITY PRESS
国家一级出版社
全国百佳图书出版单位

图书在版编目（CIP）数据

马巷集 / 黄家鼎撰. -- 厦门 ：厦门大学出版社，2022.12

（同文书库. 厦门文献系列. 第五辑）

ISBN 978-7-5615-8761-4

Ⅰ. ①马… Ⅱ. ①黄… Ⅲ. ①诗集－中国－当代②散文集－中国－当代 Ⅳ. ①I217.2

中国版本图书馆CIP数据核字(2022)第183805号

出 版 人 郑文礼
责任编辑 薛鹏志 章木良
封面设计 李嘉彬
技术编辑 朱 楷

出版发行 厦门大学出版社
社 址 厦门市软件园二期望海路 39 号
邮政编码 361008
总 编 办 0592-2182177 0592-2181253(传真)
营销中心 0592-2184458 0592-2181365
网 址 http://www.xmupress.com
邮 箱 xmupress@126.com
印 刷 厦门集大印刷有限公司

开本 787 mm×1 092 mm 1/16
印张 12
插页 3
字数 170 千字
版次 2022 年 12 月第 1 版
印次 2022 年 12 月第 1 次印刷
定价 140.00 元

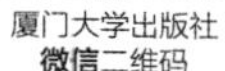
厦门大学出版社
微信二维码

厦门大学出版社
微博二维码

目錄

前言

《馬巷集》一卷，清末曾任馬巷廳通判的黄家鼎所撰，因事關地方人物、歷史、社會等資料，現據厦門市圖書館收藏本影印出版。

一、作者生平

《馬巷集》的作者黄家鼎（一八五八—?），字駿孫。浙江鄞縣（今寧波）人，監生出身。因相關資料缺乏，有關黄家鼎的早期情況並不十分清楚。僅是黄家鼎與其父黄維煊，作為藏書家而偶有人提及。在民國版《鄞縣通志》的『文獻志』部分，有『清黄維煊怡善堂』一條：

維煊藏書頗富，今猶時見其印記（為四明黄氏怡善堂之藏書，朱文方印）。子家鼎亦喜聚書，時當兵燹之後，故家遺書散出者多為所得（王榮商《黄俊生贈書記》：黄大令俊生將赴閩，出其殘書若干帙，分贈故人。余亦載一捆而歸，發視之，書凡數百卷，經史子集無所不有，雖首尾不具，然皆余所願見而不可得者。因為編次其目（略）。俊生為太常卿維煊之長子，太常藏書甚富，俊生自兒時即能讀之，故弱冠已有詩名。今且出其餘以治人，而是書特其所棄耳（略）。俊生名家鼎，鄞縣人，是書即喪亂時所得，故無一足本云。）（民國版《鄞縣通志》文獻志，第二〇四〇頁）

事實上，相比本書的作者，其父黄維煊因事功明顯，被史料記載的内容更多一些。而黄家鼎的出仕，也算是子蒙父蔭。因此，有必要通過黄維煊之事蹟，來瞭解黄家鼎的早期情況。

據有關資料記載，鄞縣黄氏是唐末明州刺史黄晟後裔，為當地望族。但到黄維煊這一代，因曾在綠營任把總（低級軍官）的父親早逝，家道中落。黄維煊生於道光八年（一八二八），字子穆，年輕時『性慷慨喜任事』。鴉片戰爭後，寧波作為五口通商口岸之一，在道光二十四年（一八四四）被迫開埠，黄維煊看準時機，從事中外貿易，『駕舟窮絕域之奇，歷琉球，遊日本』，這就使他從實踐中學到當時少有人知曉的洋務知識。據稱黄維煊『精算法，通曉時務。家本海疆，凡估客、水軍、柁工、譯使之輩，咸擇其尤而與之習，以故緣海險要及西番語言文字、機巧器械，靡不諳練，儲為有用之學，以應當世』。由此可見，黄維煊是一個有眼光有膽略的人，也是一個從實際工作中鍛煉出來的精通洋務的人才。

黄維煊後來仕途大進的突出表現，還在於其在清廷鎮壓太平天國起義中多有效力。同治元年（一八六二）清軍與太平軍寧波之戰中，黄維煊『督炮船，轟鎮海，斬關奪隘，直抵甬江，焚其堡，披其城，拔之。西搗慈溪，南鞭奉化』，後又『復帥西師攻復省垣』，可以說在與太平軍之戰中厥功至偉。因此同治三年（一八六四）三月全浙平定後，黄維煊靠軍功得授福建候補同知，加四品銜，賞藍翎。

同治四年（一八六五），或許因精通外語熟悉洋務，黄維煊又參與到了閩浙總督左宗棠創辦福建船政局事宜。

越明年，時值西北事起，左宗棠改任陝甘總督而西去，原江西巡撫沈葆楨任總理船政大臣，黃維煊又協助沈葆楨佐理福州船政局。在此期間，黃維煊作為主事者，『創船政，創電線，創鑄快槍、利炮、水雷、魚雷，皆預其役，幸皆垂成』。在閩省五年之中，『凡閩省有與洋人交涉事，大府嘗以指臂相屬，巨細難易，幸鮮辱命，故同事咸以熟悉洋務謬相引許』。凡此種種，充分說明了黃維煊雖非正途出身，但身為實幹家且事功卓越。特別是在創辦福建船政局時與洋人交涉方面，由於黃維煊懂外語通洋務，成為沈葆楨不可或缺的左右手。

黃維煊值得稱道之處，是他不僅是身處通洋事務、政務管理第一線的實幹家，還能按照現代地理學的原理，進行實地踏勘，測量並繪製了中國最早的近海實測航行地圖《皇朝沿海圖說》。黃維煊在《皇朝沿海圖說》的『自跋』一文說：『歲丙寅（一八六六），左宮太保總制閩浙，議創船政於福州，檄維煊赴沿海各口察形勝之險要，測沙水之淺深。』因此圖為中國人自己實測並獨立編繪，故影響頗大，後《皇朝沿海圖說》由其子黃家鼎在一八八一年刻印出版，扉頁上還題有『曾經御覽』四字，說明此圖曾進獻朝廷並受到重視。

同治十年（一八七一）十月，為沈葆楨等所薦，黃維煊實任臺灣海防同知，由此開始了黃維煊黃家鼎父子與臺灣的緣分。黃維煊到臺灣後救饑荒、辦學校，數月間威信初立，但不久後即奉令到京。同治十一年（一八七二）年中，黃維煊從北京『航海南歸。途中觸暑，瀕危者再』。七月十二，卒於寧波家中，年僅四十六歲。（黃維煊事參考錢茂偉《黃維煊和他的沿海圖說》一文，載《寧波晚報》二〇一二年十二月三十日）

在其家鄉寧波，黃維煊父子只是作為不太知名的藏書家而少有人提及。據資料提及，黃氏父子以怡善堂為名的藏書，共搜集到圖書兩千三百三十四種，兩萬七千五百五十七卷，可見規模不小。編成《怡善堂書目》一卷，分部甲乙丙丁四部，『以類相從，檢取頗易』。

黃家鼎早年情況不得詳知，只知其曾有仕宦於陝西關中一帶的經歷。因其妻劉韻有《送外子於役秦中》的詩作，中有『探奇歷西嶽，陟險渡黃河』的描述。在其父黃維煊去世後，因沈葆禎的請恤，光緒元年（一八七五）十月，黃維煊被贈太常寺卿，祭葬如二品，例蔭一子，以知縣用。而黃家鼎作為其長子，正是在光緒十年（一八八四）代理鳳山知縣，應該是承蒙其父餘蔭。

黃家鼎在光緒十一年（一八八五）卸任鳳山知縣一職，但在光緒十七年（一八九一）再任。中日甲午之戰後，清王朝戰敗被迫割讓臺灣，黃家鼎親與其事。在此期間，他以所見所聞，發為詩歌，慷慨激切，洋溢黍離之音。如《廳齋消夏其二》一首：

蘇張遊說早空還，上相星軺指馬關。
國計輸金兼割地，儒臣抗疏欲移山。
遼陽城郭千旗外，橫海樓船一炬間。
畢竟將軍能勝敵，降書遞後尚雍嫻。

全詩指說甲午時事，對參與其事的文臣武將多有褒貶。雖有譏諷，但喪民失地之痛情不可抑。《廳齋消夏其三》，則對作者親歷的割臺一事，也有記述：

競傳唐儉是奇材，局面翻新自主裁。

露布已令神鬼泣，玉書曾見鳳麟來。
棘門佈置成兒戲，木子倡狂本罪魁。
痛惜浹辰田海變，天心人事費疑猜。

前四句以唐初唐儉，代指割臺時署理臺灣巡撫的唐景崧，在臺灣官紳士民的推動下，抗命清廷，成立『臺灣民主國』，唐任『總統』一事。後四句，記因內部武將跋扈，曇花一現的臺灣民主國十多天即宣告敗亡。

據本集《馬巷通判題名記》記載，黃家鼎在光緒十九年（一八九三）六月二十七日上任馬巷廳通判一職。據書首孫星華序中所說，『太守兩權是篆，均未及歲而受代』，說明黃家鼎曾兩次任馬巷廳通判，但均不及一年即去任。

馬巷廳清乾隆三十九年（一七七四）置，屬泉州府。治馬家巷（今廈門翔安區馬巷）。一九一二年廢廳，裁入同安縣。

二、《馬巷集》大概

《馬巷集》共收入黃家鼎的二十六篇文章，並附收詩作六首。前首有孫星華序言一篇，孫星華為會稽（今浙江紹興）人，又名詠裳，字子宜，光緒二年（一八七六）舉人。孫星華年幼時曾受教於同為會稽人的李慈銘，後曾卜居於福州。按序言所說，《馬巷集》是黃家鼎任職馬巷廳通判期間，『所作記、序、碑、傳雜文及各體詩』的一個合集。

首六篇為『記』，即《馬巷通判題名記》《馬巷舫山書院碑記》《馬巷節烈祠碑記》《馬巷育嬰堂碑記》《新建馬巷四忠祠記》《小刀會匪紀略》。

《馬巷通判題名記》記述了馬巷設置廳治的由來和歷任通判姓名。馬巷原屬同安管轄，在乾隆四十年（一七七五）始立廳治，『以原設金門通判移駐之，割同安三里地方為所轄』。篇尾記錄了自首任通判、乾隆四十年到任的萬友正，一直至光緒十九年（一八九三）到任的黄家鼎，歷任馬巷通判共四十五任四十一人（包括回任）的姓名、任職時間、出身等情況。

需要說明的是，馬巷設置廳治的時間，一般是指乾隆三十九年（一七七四），也有說是乾隆四十年。在黄家鼎的《馬巷集》中，也提到這兩個時間。其中緣由，是乾隆三十九年，時任閩浙總督兼署福建巡撫的滿人鐘音奏請『改駐廳員』，經六部會商後同意，正式設官、蒞職是在乾隆四十年。

《馬巷舫山書院碑記》略述馬巷書院建立大致經過。『馬巷舊屬同安，為朱子蒞官之地，其流風餘韻猶有存者。』興學有人，所以作者有感於『前人培植士類各具深心，慨然欲為文以紀』。

《馬巷節烈祠碑記》雖爲封建思想的體現，但作者提到，『余觀博帶峨冠之彦侈言忠孝，一旦猝遭變故，有苟免偷生而恬不知恥者』所在多有，而對比之下，『各節烈生則含辛茹苦百折不回，沒則風雨一堂如聞聚泣，其賢不肖之相去又何如耶！』這是出乎一般意料之外的。

《馬巷育嬰堂碑記》提到當時社會『有身為父母忍於自殺其子，惡俗相沿漫不為怪』。馬巷育嬰堂是同治癸酉年（一八七三），錢塘洪麟綬來任職馬巷時，多方籌措建成的。育嬰堂的設立，『一鄉有此堂所全活者無算』。作者認為：『天下事善作必有善承。洪君往矣，其所以維持斯堂於不墜者，亦余與諸君子之責也。』此為作者撰寫此記的由來。

《新建馬巷四忠祠記》中的『四忠祠』，是作者黄家鼎到任時所建，用以憑弔禱祈鄉賢，『彰中烈而資觀感』。四忠為：嘉慶朝的浙江提督李長庚、浙江提督邱良功，道光朝的江南水師提督陳化成，咸豐朝的河南南陽鎮總兵邱聯恩（邱良功長子）。此四人同為馬巷人，『韜略冠時，戰功超眾，或臨陣捐軀，或立功後病故』。

小刀會是道光二十九年（一八四九）成立於福建廈門的民間秘密團體，其來源有兩種：一屬天地會支派，一屬白蓮教支派。作者所撰《小刀會匪紀略》，雖距小刀會起義約四十年，但所記以傳說為主，不甚精詳。

《校補泉州府馬巷廳志序》《廳志附錄序》是兩篇和《馬巷廳志》有關的序作。《校補泉州府馬巷廳志序》交代了黄家鼎重刊《馬巷廳志》的經過：乾隆四十二年（一七七七），萬友正『倡為此志』；光緒九年（一八八三）丁惠深『翻刻一次』。但因其『舊本未經讎對，魯魚亥豕雜出其間，又以板藏舫山書院，久廢刷印，故間有霉爛』，如果『不為校補，則新者未續，舊者復亡，將千百年一方掌故日就湮沒』，故黄家鼎『窮匝月之力，校出訛字三百五十有七，重刊爛者一十七板』，將其重刊再版。《廳志附錄序》中，有憾於萬友正編撰的《馬巷廳志》『多據乾隆三十二年錢塘吳鏞所修《同安縣誌》割裂而貫串之』，黄家鼎『本擬籌款設局舉行續修，知非五日京兆所能卒業』，雖然有志難酬，但因後有嘉慶三年（一七九八）所修之《同安縣志》，光緒間周凱及同治末年舉人林豪所纂輯增修之《金門志》，黄以為『互相參考，益以采訪，尚不難賡續成書』。

《吳真人事實封號考》一篇，因馬巷一帶多有祭祀保生大帝吳真人的祠廟，作者『歸檢廳志，未載其事蹟』。後博考典籍參酌諸書，寫成一篇兩千餘字的《吳真人事實封號考》，但語多傳說，不能盡實。

《邱剛勇公傳》等七篇人物傳記中，五篇傳主為軍人出身，如《邱剛勇公傳》《邱武烈公傳》《陳上國傳》《李廷鈺傳》《林向榮傳》，這些傳主最後都靠軍功身得上位。推其原委，主要是清代嘉慶年間，馬巷侯賓（又名後濱）人李長庚總統閩浙水師，鎮壓活躍在閩浙一帶海面上的蔡牽等反清力量。在李長庚部隊中，不少人是他的鄉鄰部曲。

在長達十餘年的戰鬥中，有不少鄉鄰因戰功突出，最後得以身居高位。《蘇廷玉傳》中的蘇廷玉，馬巷廳翔風里澳頭村（今新店鎮澳頭村）人，則是進士出身，最後任四川布政使、代四川總督。《陳烈婦傳》的主人為一童生之妻，其夫『早歲以攻苦得損疾』，不久因病辭世後，烈婦不顧未滿月幼子，『絕粒九日而死』。以此而得到讚頌，這明顯是封建社會糟粕思想在作祟了。作者『來倅斯廳，下車首訪節烈』，其為人可知。

《金門浯江書院祭朱子文》反映了當時沿海地方傳統儒學面臨的困境：一是『季世學不愈愚』，加之『黨人傾軋』，致使『閩海饑驅，雲霧四塞』；二是『近者異教天主耶蘇，托為上帝，人雜言汙，流俗披靡，應若鼓枹。微言已絕，大義誰呼』。此文作於光緒十九年（一八九三），說明隨著厦門被迫開埠成為通商口岸五十年後，西方傳教士也在馬巷一帶活動且影響頗大。地方官無能為力，只有借祭奠朱子而祈求『修我律度，黜彼恣睢』了。

《三忠廟祭三先生文》《三忠廟春祭文》兩篇，都是地方官的應景之作。所祭三先生，為『文信國、陸丞相、張越國公三先生』，即南宋末文天祥、陸秀夫、張世傑三人，人稱『宋末三傑』。作者也是有感而發，因當時清王朝在外敵環伺之下，也正處於風雨飄搖之中，只有以『使決裂金甌斡旋無缺，不避險阻，不畏艱難』而自勵了。

卷末兩篇，《禱城隍神驅疫疏》說在光緒二十一年（一八九五），馬巷發生了一次特大的疫情，『茲乃癘疫，來自海湄。流行日廣，疾苦相隨。昨發今斃，晨哭夕洏。巷無安宅，途有積屍。晝遊鬼魅，術竭巫醫。親朋問絕，道路淒其』，疫情相當嚴重。查找史料，可知這一疫情是全國性的，甚至是世界性的大疫情。先是在光緒二十年（一八九四）香港及廣東等地即暴發鼠疫。由於大批居民逃離香港，香港居民人數銳減三分之一。馬巷疫情『來自海湄』，則有可能是廣東一帶傳染過來的鼠疫。這一年在北方京師和直隸、天津等地，則暴發霍亂。加之春荒嚴重，遍野荒地，耕收望絕。入夏以後，大雨成災，而且時有冰雹襲擊，造成『京外災黎扶老負幼，來京田食，其鵠面鳩形，貿貿潰亂之狀，實目不忍睹』（御史李念茲奏摺）。

《舫山書院觀風告示》一篇，所謂『觀風』，就是新任地方官每到一地，把當地讀書人集中在一起，命題考試，從中選拔人才，有觀察風俗得失之意。觀風告示等過去官場此類文字，一般非新任地方官所新擬，多為地方學子捉刀代擬。

附詩六首，為作者在馬巷時述懷或觀覽所作。與作者在臺詩作相比，意趣孤單苦澀，無足可取者。

本書在反映當時社會民情，記載地方歷史文化方面，有一定價值。如《馬巷通判題名記》《馬巷舫山書院碑記》《馬巷節烈祠碑記》《馬巷育嬰堂碑記》《新建馬巷四忠祠記》《小刀會匪紀略》諸篇，雖包含封建迷信思想，但對地方文化、民間風俗，頗可參考。《邱剛勇公傳》《邱武烈公傳》《陳上國傳》《李廷鈺傳》《林向榮傳》等記載地方人物，也有可以補充正史不足之處。

李文泰

光緒乙未秋月

馬巷集

徐華潤題

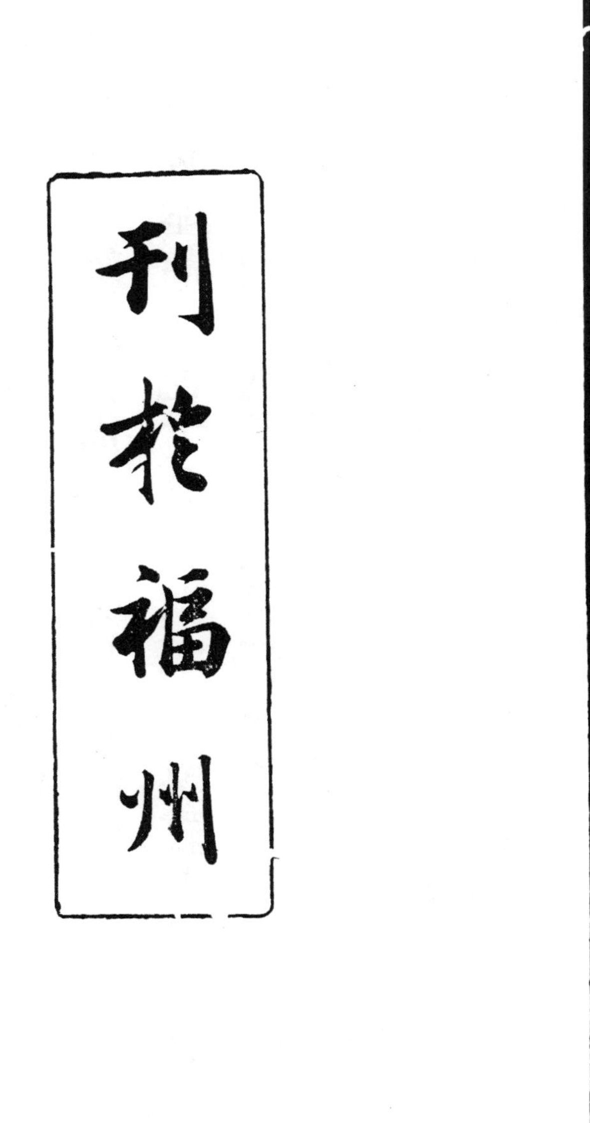
刊於福州

序

駿孫太守出𧨏前年權倅馬巷時所作記序碑傳雜文及各體詩屬爲編纂星華受而讀之率皆表彰其地之賢達與夫忠義節烈之事顯微闡幽有功名教者良非淺鮮不僅備一代文獻之徵也若夫書院節祠育嬰堂諸碑記尤見其勤求民瘼教養兼施以實心行實政而非徒飾虛文者仁人之言其利溥豈不信哉太守兩權是篆均未及歲而受代人方以席不暇煖未由設施爲疑而太守則本素所蘊蓄者從容展布收效於旦夕之閒復能旁稽博攷作爲文辭以

待輶軒之採擇匪特治行加人一等卽以文論亦可謂經世有用之文已其文前已附刊廳志之內茲復彙萃各稾自爲一編卽名之曰馬巷集蓋援古人一官一集例也昔曹子建嘗曰文之佳惡吾自知之後世誰相知定吾文者鄉先生黃梨洲氏編所作南雷文定引其語則以爲吾定吾文而已太守學博才贍故亦能手定其文以傳示來世此中甘苦得失夫豈他人所與知剏檮昧如星華者更何足闚其底蘊耶編既竣聊綴數語於簡端會稽孫星華

馬巷集目錄

馬巷集

鄞縣黃家鼎駿孫

馬巷通判題名記

古者省臺院寺皆有題名之碑以紀歷任姓氏官里蓋欲以一命之榮標表來世也於是外之監司守牧丞倅令長亦接踵而起凡功德在民固彼都人士所樂道即循理奉職安靜爲治者亦例得兼書是以題名之記幾於無署不有矣然人重官非官重人若同安一邑古今令尉不勝僂指而千古流傳不朽者首

推一主簿朱文公則人當知所自擇矣馬巷本同安地乾隆四十年始立撫民通判卽以原設金門通判移駐之割同安三里地方爲所轄廳倅萬君友正建衙署領關防創廳志規模與巨邑抗衡惟通判題名記則闕然蓋萬以前諸倅始駐府治繼移安海再移金門皆與馬巷無預故後之記巷倅者當自萬君始余後萬君百十有八年來承是乏自問才識遠遜前哲何敢稍事更張然新政舊告蕭規曹隨不知其人可乎因網羅散佚作爲馬巷通判題名記勒於廳壁

亦一時得失之林也記中姓氏府志成書在設廳以前無可引據採諸廳志者僅萬朱二人自任震遠以逮白鳳二十八人乃據嘉慶時同安志錄之又據省志於厝珂後宋樹垣前增王兆麟一人而馮國柄俞益等十人亦錄自續修省志典籍所載止於此耳自圖他本迄今凡四十五任除同任再任者實得四十一人往牒盡灰老吏物化數月搜求幸獲全備自圖以前或有脫漏自圖而後其履任年月髮憾無遺竊以自慰俾後之續廳志者得以循名而索實詎獨名

之存已哉惟諸人字里出身間有失攷急欲竣事不遑旁索心殊耿耿偶憶昔之傳循吏者於漢文翁佚其字王成佚其里以余之譾陋更何傷乎尚望後之君子補墜拾遺以匡余之不逮實是記之幸焉

萬友正 字端甫雲南阿迷舉人乾隆四十年六月任畸通判始由金門移駐馬巷

同知

朱國垣 貴州平遠舉人一作雲南永善籍乾隆四十一年十二月初六日任甫旬日調邵武

萬友正 乾隆四十一年十二月十五日再任

任震遠 乾隆四十二年七月任

劉亨基 湖南湘潭舉人乾隆四十三年任

齊永齡 直隸宛平舉人乾隆四十四年任

楊有滉 乾隆四十五年任

劉彤 山東掖縣拔貢乾隆四十六年任

沈世儁 浙江海甯舉人乾隆四十七年正月任

孫王民 乾隆四十七年七月任

范芳春 乾隆四十八年五月任

劉詩 山東諸城進士乾隆四十八年八月任

張崧 一作松陝西綏德州進士乾隆四十八年十一月任

方維憲　乾隆四十九年三月任

延青雲　山西陽城人乾隆四十九年四月任

陸士銀　江蘇吳縣監生乾隆四十九年十月任

張鼎　直隸通州監生乾隆五十年任

呂憬棠　安徽旌德人乾隆五十二年四月任

清華　滿洲人乾隆五十二年十月任

趙繼祖　乾隆五十二年十月二十六日任

簡以仁　乾隆五十二年十一月任

史必大　乾隆五十三年正月任

常　明正紅旗滿洲生員乾隆五十三年十二月任

侯永蕚乾隆五十五年四月任

樊　晉乾隆五十五年十二月任

鄒學曾乾隆五十六年十二月任

李維梅乾隆五十七年二月任

周　燮浙江錢塘監生乾隆五十七年十一月任

屠　珂一作阿江蘇武進進士乾隆五十八年三月任

王兆麟正黃旗漢軍人乾隆五十九年任

宋樹垣乾隆五十九年五月任

白鳳　江蘇陽湖人乾隆六十年十月任

馮國柄　浙江會稽監生嘉慶元年任

王紹蘭　字南陔浙江蕭山進士嘉慶六年任

黃嘉訓　江西新建舉人嘉慶八年任

豐裕　鑲黃旗漢軍監生嘉慶九年任

温鳳韶　廣東順德監生嘉慶十二年任

張映斗　山東海豐舉人嘉慶十八年任

傅錫璋　廣東興甯監生道光元年任

慶善　鑲白旗滿洲監生道光五年任

烏竹芳　山東博平舉人道光八年任

俞益　江蘇金匱監生道光十八年任

圖他本　字立峰滿洲舉人道光二十五年十月二十六日任

李廷泰　字用九直隸大興人道光二十九年二月初四日任

朱璐　字米堂安徽副貢道光三十年二月二十七日任

宓惟慷　字心衢浙江海甯供事咸豐二年正月二十四日任

常銃　直隸豐潤監生咸豐二年十一月二十日任

陳汝實　字茂夫廣東海康監生咸豐四年二月二十日任

郭學塽　字子厚廣東潮州人咸豐五年十一月二十五日任

程榮春　字桐軒安徽婺源人咸豐六年二月十一日任

袁鳴鈺　湖北人一作浙江人咸豐七年十一月二十二日任

宋志璟　字湘亭浙江仁和舉人咸豐八年二月初五日任

清和　咸豐九年七月二十日任

宋培初　字鶴舫浙江烏程附生咸豐十年七月十六日任

喻湘　字竹生江西南昌人一作字夢池湖南長沙監生咸豐十一年六月初二日任

賴恩銓　字沛臨廣東新安監生同治元年正月初六日任

盛在淥　字漣水浙江慈溪廩生同治二年十月十二日任

姜臣璀　字崑仙江蘇金匱附生同治四年七月二十一日任

鮑復康 字吉初安徽新安監生同治五年四月十二日任

王惟敘 字澤臣湖北人同治六年十月初五日任

鍾鴻逵 廣東海陽監生同治七年二月十七日任

蔣寶光 字壽山浙江金華拔貢同治八年二月十五日任

鄭秉機 字雲襄廣東香山人同治八年二月二十七日任

張重颺 字賡堂廣東長樂監生同治八年四月十三日任

洪麟綬 字麗笙浙江錢塘進士同治九年十一月十一日任

馮國成 字遜生廣東南海人光緒元年七月初一日任

洪麟綬 光緒元年十月二十二日回任

賴濟成　字寶田廣東始興監生光緒二年二月二十七日任

丁策勳　字鼎臣湖南醴陵監生光緒二年十一月十五日任

鄒舒宇　字曉村江西安仁拔貢光緒四年六月初八日任

楊高德　字壽隆四川華陽監生光緒四年七月十二日任

金　相　字勤之浙江錢塘監生光緒五年十月二十一日任

丁惠深　字級臣廣東豐順監生光緒六年六月初三日任

殷執中　字心齋浙江平陽監生光緒六年七月二十二日任

石鳴韶　字虞琴山西介休舉人光緒七年三月初二日任

龔　超　字紹海浙江仁和附生光緒八年二月十九日任

丁惠深 光緒八年四月初十日再任

鄭宗瑞 字謹臣四川西昌進士光緒九年四月二十七日任

趙家琦 字玉農河南祥符舉人光緒十年八月初十日任

丁策勳 光緒十一年十月初二日再任

郭榮禧 字和卿江西新建監生光緒十三年五月十二日任

沈學海 字紹先浙江山陰監生光緒十四年二月初九日任

王金城 字銘卿江蘇高郵監生光緒十六年四月初二日任

黎景嵩 字伯峩湖南湘潭監生光緒十六年四月二十日任

戎陳猷 字泉生浙江錢塘監生光緒十六年十一月初六日任

黄澍钤字清和江苏阳湖监生光绪十八年八月初二日任

戎陈猷光绪十八年十月初一日间任

黄家鼎字骏孙浙江鄞县人光绪十九年六月二十七日任

馬巷舫山書院碑記

古者黨有庠術有序里社皆有塾弟子自勝衣就傅即有問業之所考德之方其爲教也蓋亦周且至矣三代而下往制漸湮及宋始有書院然如衡麓鵝湖白鹿洞皆因前賢講學之地畧拓規模其制猶未大備明時書院最盛及其衰也鄉校之士乃敢以橫議陰撓朝權張江陵當國遂籍書院而盡廢之然而東林復社接踵而起其學愈駁其氣愈囂其議論愈譁呶而不可究詰明社亦隨之以亡嗟乎僞學之足以

害天下其禍顧如是之烈哉

國朝文教昌明各直省書院其大者均發　帑金以資膏火故道德經濟之彥莫不從書院中來馬巷僻在海隅久無議建者其志書所稱乾隆間廳倅萬君友正捐設虛舫書院在城隍廟後今不可考卽同安教諭何君蘭所撰舫山書院碑記亦指逼利廟之文昌閣而言非書院也同治間新安鮑君復康來倅是廳念蒸蒸髦士不可無橫經鼓篋之區迺首解廉囊並集戶捐擇地於后埕營造周圍廣八十餘丈繚以

高墉巍然屹然院坐乾向巽分金亥巳面五梅(山名)而背三秀(山名)出米巖崎其左筆架山橫其右或俯或仰如障如屏外爲照牆深凡三進頭門以內明堂平曠樹木蒼鬱蔭可數畝二進則分爲三門中爲平房三間東西翼以學舍各三間三進則正廳三間左右有房山長所居東西廊牆外學舍各四間再進則月臺夾以花牆外植花果每當春華秋實香氣拂拂從畫檻出最後三楹中供朱子塑像虛其左右室可庋典籍其上爲樓中祀朱衣神及　梓潼帝君傍祀有功

於書院者角門以外左爲空地雜植果木右平房二閒庖廚在焉四圍夾道寬皆數丈以便儌巡經始於丁卯三月歷己巳八月落成縻金錢五千緡有奇制度宏敞丹漆輝煌諸生彬彬然絃誦於其閒鮑君之有造於藝林者豈不偉哉役既竣鮑君旋卸篆去其明年王君惟敘來代復詳請酌抽土布釐以充經費年約可入七百有餘緡書院得以有費者又王君之力也上年有道斷王彭二姓海地租歲收百緡今已積二百緡余爲存典生息以增膏火苟能撙年收足

於院費豈小補哉癸巳季夏余承乏斯廳以前任眷屬久棲署中故寓書院廳事者踰币月公餘瞻眺見前人培植士類各具深心慨然欲爲文以紀因進諸生而告之曰書院者上之所以育才下之所以嚮學也學者何亦學爲聖賢而已矣馬巷舊屬同安爲朱子蒞官之地其流風餘韻猶有存者故其人多砥礪廉隅束修自好然使不奮厲於學則其見終囿於一方而所學特世俗之學耳今者講舍聿新有師友之可樂有講貫之可資諸生於帖括之餘研精性理由

邱釣磯以上溯朱子由朱子以上溯孔孟之傳則窮可以獨善其身達可以兼善天下又豈徒以文章鳴國家之盛已邪諸生唯唯而退爰詮次其語以爲之記

馬巷節烈祠碑記

古人重婦德故易首咸恆詩首關雎春秋爲聖人刑書而左邱明作傳開章第一義便云惠公元妃孟子誠以妻妾乃觀型之本閨房爲起化之原其所關固非淺尠也趙宋而後尤重節烈程伊川有云婦人餓死事小失節事大由是巨家世族寒孀窘嫠皆頑廉懦立而冰蘗之性松筠之概遂皭然與日月爭光

國家久道化成烏頭綽楔不惜　帑金以待有司之請而復於各直省設立節孝祠春秋遣官致祭其所

以風厲末俗用意尤爲深遠馬巷地屬海濱婦女多明大義然自乾隆三十九年移設廳治而俎豆馨香之奉倘寂寂無聞考廳志藝文載有盧公若騰節烈祠碑記云祠在太武山而芀莽蔽人莫知其處葢當時之遺老盡矣光緒戊子鑑湖沈君學海來倅是廳念白首完貞而丹楹莫妥非所以闡潛德而發幽光也乃相地營建祠坐北向南外爲重門內爲正室暖閣三開中祀蔣施氏等二十有五人左祀張彭氏等二十有九人右祀林劉氏等一百七十有三人四面

繚以高垣制度雖隘氣象森然經始於己丑三月越明年辛卯仲冬落成土木甓石之需糜金錢一千二百餘緡其欵項則有主之家量力捐助尚餘百數十緡流存董事按年收息尚不足抵兩丁祭之資云癸巳余服闋南來適承斯乏都人士礱石請爲文以紀余維從一而終雖婦人之義然夫死則適令甲不禁益王者不强人所難能而特縣一旌表之典以爲天下之爲人婦者勸則其情固大可見也馬巷蕞爾區而以節烈著者多至二百餘人其未經舉報湮沒不

傳者又何可勝道則謂天地清淑之氣特鍾於婦人者不信然歟余觀博帶峩冠之彥侈言忠孝一旦猝遭變故有苟免偷生而恬不知恥者以視各節烈生則含辛茹苦百折不回沒則風雨一堂如聞聚泣其賢不肖之相去又何如耶惜無盧大司馬其人以椽筆傳之文既成復爲神絃之曲歌以侑之其迎神曰神之來兮風嗚咽冰比清兮霜比潔子規千古猶嗁血洞簫一吹山竹裂其送神曰神之去兮雲蔽野瓠瓜無匹嫦娥寡圖畫甘泉方待寫豐碑屹屹照金廈

是役也舉人陳旭升職員陳寶三生員彭福同郭鴻圖陳國奎鄭錦文封職林輔龍實董其事例得並書

馬巷育嬰堂碑記

昔康誥言如保赤子孔子言少者懷之曾子言上恤孤而民不倍孟子言幼吾幼以及人之幼誠以孩提初生鞠育保抱需人而成故古之聖人不憚諄諄然垂爲訓誡初不意後世有身爲父母忍於自殺其子惡俗相沿漫不爲怪如溺女者噫是亦人倫一大變也溺女起於唐宋盛於今日於是

朝廷比照祖父故殺子孫之律懸爲厲禁而讀書之士復作爲詩文雜引果報以示勸懲而此風終不能

草追育嬰堂設貧者不能藉無力喂乳以爲詞富者見大人先生孳孳然抱溺由己溺之懷亦內媿於心不令而自戢一鄉有此堂所全活者無算一邑一郡有此堂所全活者尤無算書曰好生之德洽于民心其育嬰堂之謂歟馬巷溺女之風甚熾顧自乾隆甲午移轄至道光戊申相距七十稔金門始設堂育嬰而馬巷仍無聞同治癸酉錢塘洪君麟綬來倅是廳軫念民依倡捐廉泉壹千串又撥贓罰壹百貳拾串募捐殷戶陸百串抽捐當舖布稅貳千餘串迺謀諸

紳耆就廳署之東擇地營建堂坐北朝南周圍廣約四十餘丈繚以高垣前爲頭門三間中爲室如之正祀臨水夫人左祀洪君禮也右祀福德神循常例也臨街左右各有門迤邐旁通則兩花廳在焉室後天井果木叢發又後有平屋九間可畜乳媪此外東西相對復有平屋各二小廂房各一朝南房各一墻畱夾道儆者居之蓋自祀神宴客寓人辦公以訖爲庖爲湢罔不工堅料實輪奐有加經始於癸酉六月至次年九月落成凡土木甎石灰瓦丹漆之需縻金錢

二千四百緡有奇又設分堂一切更縻壹千八百緡有奇畧及所捐募之數其常年支銷則別籌當利房租土布各捐約可得錢捌百餘緡則聞風興起好善者各有同心也余以今夏承乏斯篆捐廉購置堂頭門前民田一坵長寬各二十餘弓出租生息以備將來起蓋餘屋之用堂成久未勒碑至是都人士請爲文以紀余維天地之大德曰生聖賢之經國曰生聚浸假殘殺相尋則人類亦幾乎息矣洪君此舉保全嬰命以千萬計其用心抑何仁哉然天下事善作必

有善承洪君往矣其所以維持斯堂於不墜者亦余與諸君子之責也爰揭顛末壽諸貞珉以諗來者監工爲職員陳寶三例得並書是爲記

新建馬巷四忠祠記

國家祠祀之典掌之禮官其所以崇德報功風世厲俗立意固深且遠也然祀有不必盡屬乎地者如武聖之廟　純陽之宮赫赫聲濯靈震爍耳目其神之在天下若水之在地中無地無水即無地非神此固無祀而不可也若夫人傑之產實本地靈其旁魄鬱積之氣遠或百十年近或數十年而一鍾諸魁壘之彥果毅之臣勒名鼎鐘血食奕禩若不就其生長之邦虔修松桷其何以繪褒鄂之英姿騰韓彭之俠氣

哉馬巷自乾隆三十九年割同安所轄設廳分隸以來人才輩出勳爵爛然嘉慶朝有浙江提督伯爵李忠毅公長庚係廳轄侯賓鄉人浙江提督男爵邱剛勇公良功係後浦鄉人道光朝有江南水師提督陳忠愍公化成係丙洲溪左人咸豐朝有河南南陽鎮總兵邱武烈公聯恩係剛勇長子此四公者韜畧冠時戰功超衆或臨陣捐軀或立功後病故均奉

特旨於原籍地方建立專祠雖經有司在同安縣城分別建祠乃其生長本鄉並無廟食溯緣馬巷廳轄

分自同安當時闢疆畫土未設文武學校所有士子考試仍隷同邑即鄉宦進身仕階凡履歷冊結亦載同安是以馬巷有廳治而無廳籍故四公籍貫載之史乘傳之天下後世亦鮮知其爲馬巷人也家鼎抵任以來既廣搜四公事迹編入附錄以爲後來增纂之計惜四公

准建專祠均遠在同安官馬巷者於春露秋霜旱乾水溢轉不得躬奠椒漿一伸其憑弔禱祈之意爲之歉然抱憾者久之屢擬就廳治附近爲四公合建一

祠俾彰忠烈而資觀感格於無地無貲欲舉仍輟近有廳民陳光巖於節烈祠左捐地一區可以改建又有標封陳姓充公樓仔內鄉住屋一所可以變價移充土木之貲適家鼎更十六閱月復權巷倅遂稟明大府如議興工昉於乙未年仲夏之月踰三十餘日而落成縻金錢四百有餘緡庭廡儼肅丹漆煥然上梁之辰衣冠蹌濟籩豆祇將酒醴苾芳工絃諧協仰瞻雲氣有若馬者有若車輪者有若古兜鍪丈夫執戟而立者有若旌旂雜遝斜趨而渡海者歘忽變滅

不可名狀其殆四公之靈聯袂偕至而喜其有所式憑也耶家鼎乃鑱石紀之其監督爲縣丞姚鏞始終襄役爲職員陳寶三訓導陳生寅生員陳必芬例得並書

小刀會匪紀畧

閩省襟山帶海俗尙禮義漳泉兩郡民情雖好勇喜鬬然畏官守法初不敢爲犯上作亂事自康熙二十二年臺灣平荒服歸附金厦各島享太平之福者百餘年地大物博萌孽滋生迨咸豐三年乃有同安石兜社人（李記作海澄轄誤）黃得美之亂初海澄縣民江源與其弟發以無賴武斷鄉曲源歸自外洋購有洋小刀數百柄徧贈同類結爲小刀會其膂力絕人者倍其刀故又名雙刀會黃得美有田在龍溪滸茂洲常受

强佃抗租之苦越境控追官不爲直乃約族叔黃位一說得美養子同入會以凌佃繇是江黨漸盛海澄知縣汪世清聞之捕江源江發寘之法黃得美憤甚乃與位謀作亂爲源發復仇四月初六夜率黨破海澄時汪世清方赴鄰封游擊崇安營兵許某義民張香均遇害初十日破漳州兵備道兼攝知府事文秀總兵曹三祝死之時匪氛甚熾附近奸民皆聞風蠭起自初七日至十四日長泰同安安溪漳浦諸邑平和之琯溪詔安之銅山及石碼廈門雲霄三廳皆相繼失守

石碼初七失長泰初十失廈門十一失同安安溪俱十二失漳浦瑠溪俱十三失雲霄銅山俱十四失獨南靖以知縣馬逢皋力守得全其預於難者惟長泰典史允家騄漳浦典史潘振烈而已賊之踞漳也變起倉卒肆意殺戮城內幾無孑遺各鄉義民遂奮起誓擊賊第三日文秀子恩志入郡求父屍鄉人感之逐賊克其城安溪雲霄隨失隨復十五日義民收同安十七日克漳浦二十二日復詔安之銅山當漳郡初克時詔安令趙印川權龍溪令城守協饒廷選主城守賊雖一再攻犯終不能下其入廈門也窺提

督施得高出師廵洋厦門空虛遂由石碼率衆入城據其署得高聞警回泊中港命遊擊鄭振纓率兵二百往剿戰於鎮南關我師失利振纓死焉得高退泊劉五店馬巷童生陳潤渠素不覊時方寓厦門撰討賊文徧貼衢市賊偵知之執脅使降潤渠大罵不屈支解死後營外委許朝陽駕船擊賊陣亡於逢焦港得美乃遣僞元帥黄霸業僞軍師蔡茂邱犯同安縣十二晨入同安小西門焚千戶署并燬縣前七星竈知縣李湘洲參將雅爾頌阿皆避城外民舍而孝廉

某甲雇鼓吹一部爲賊前導賊旣踞城掠財物募民家之有軍器者充伍閭閻騷然於是舉人陳貫中紀嗚球生員汪西之等倡辦義團聲言逐賊賊駭託言望祭郊神卽出屯西門外田湖鄉而同安文武乃回城報克復五月下旬總兵呂大升督官兵來援城中早無賊蹤而城外之賊聯絡土人張音邵敦洪甜楊聯胡孫軒等盤踞田湖社呂軍不敢過問焉當是時赭寇起粤西蔓延江皖閩雖完善區而金門兵單餉絀有岌岌不可終日之危馬巷距厦僅七十里與同

安金門尤關脣齒士民聞信大震奸民許欵葉行等通賊欲導攻金門市中一日數驚總兵孫鼎鼇縣丞郭學典召諸生林章梗謀之議先緩其攻無敢往者章梗獨與書吏黃求偕行至厦説得美曰金門瘠苦區土著者上戶無百金產下戶無三日糧不足以供資斧得美遂無襲取意章梗歸即稟商文武員弁籌戰守方畧於是紳士林可遠捐貲募勇置備軍裝其弟外委林榮邦營員鄭玉麟並分兵堵截要害歲貢生林焜熿六品軍功許侯熊廩生許瑞瑛生員郭以

鏡許春奎等設局於城隍廟團練丁壯日夜梭巡侯熊又赴永甯各處購米接濟人心始安右營守備黃某恇怯鼎鼇即摘其印委把總彭奪超旣受事安營於中港口岸布置井然賊始知爲章樉所紿遂遣其黨林沙等統戰艦四十餘隻龍艚十餘隻於六月十六日乘流直抵後浦燃礮擂鼓銳意來攻奪超先派一軍駐金龜尾自與榮邦等拒守中港開礮轟擊賊不能近岸可遠章樉等督戰益力見奪超火藥垂罄急運以濟諸軍膽氣愈壯侯熊焜熿等復以練軍守

後豐港適潮漲不得渡賊以龍艚迫岸侯熊重賞小船急渡既抵港開大礮奮擊之賊始退先是許欵葉行等所集之黨已爲我軍招充練勇擇親信者監之故內應不敢逞其由金龜尾來犯者將欲登岸官軍突然橫擊連斃數賊賊遂潰返帆欲遁參將林向榮督千總薛師儀林向日把總陳登三爭先堵截前後夾攻而林章榮以巨艦犁股首坐船沉之是日殲賊數百燬賊船無算生擒林沙等七十餘名誅之黃逆倡亂以來四出剽掠經此一大創氣乃稍餒其初據

厦門也有賣卜者洪甲同邑洪厝鄉人詣賊營上十策畧云漳厦悉濵於海宜整水軍以圖遠舉石碼福河船廠向爲官府造船之區宜速採龍邑大木趕造船隻以資水戰水戰有具則晉江南安唾手得矣粤西洪僞王已據有東南諸省宜亟遣使賫表遥結聲援倘能乞一旅之勁由浙温處襲閩則省垣先爲我有省垣得而臺灣可圖矣糧糈之供毋取乎巷捐戸派傾李林二姓家資足經年食矣種種悖論頗足欲逆及見黃位長揖告坐自稱山人位唾其面逐之後

爲參將蔡潤澤所得禁於幽室不知所終而厦門水陸四達被踞稍久嘯聚日盛巡撫王靖毅公懿德奏起前提督福建水師世襲壯烈伯李廷鈺督師討賊廷鈺原任浙江提督忠毅公長庚子也久歷戎行號知兵及是以韓嘉謨陳上國蔡潤澤爲偏裨遣吳鴻源治水軍樹纛之日獲通賊武舉黃逢日斬以祭於七月二十三日由鎦江濟師二十五日進兵金瓜亭迫文竈賊營破之斬僞元帥黃潮擒僞公司黃英臯其首黃位等僅以身免時賊股猋甚每遇官軍進仗

輒有西路賊從西孤隙董內嚴山邊巖突出衝擊廷鈺患之於是析軍爲二分營於南路會厝坡以分其勢又令吳鴻源督水師由北路專備水雞腿美頭社杜賊橫衝自是中路得進攻白鶴嶺溪岸糞窟渡頭深田內厝山頭花園等處遂拔金榜山跌將軍祠熸美頭社所向披靡賊氣奪嘗語其黨曰他日官軍再捷吾當讓之既又潛結漳浦雲霄紅白旗匪詔安馬巷善鳥鎗匪爲負嵎計旋以驍桀賊陳自來廖有才被擒再戰再北欲夜遁不得脫十月初八日廷鈺移

師溪岸北軍薄篔簹港南軍迫鎮南關賊拚死佷鬬血戰一晝夜我軍莫不攘臂爭先呼聲動天地十一日昧爽由東門駕雲梯肉薄登埤刄股首詹泉陳興於譙樓賊驚潰皆鳥獸散黃位獨竄西門出乘海艇逸去得美逃匿烏嶼橋十二日錦宅鄉耆紳訓導黃倫生員黃燕黃永梧等懼駢誅及族乃縛得美及其叔黃光箸即大箸股逆黃光揭以獻磔於廈市籍其家得財產數十萬貫妻妾皆戮惟黃位竄安南不能獲是役也閱七十三日歷四十八戰擒斬及墜海死

者以萬計十四日廷鈺傳檄遠近明日海澄石碼賊
卽棄城走長泰珨溪亦次第收復餘賊悉反正同安
田湖鄉賊就撫稍後然黃霸業蔡茂昭等均擒斬無
漏網小刀會告肅清焉揵　聞　授廷鈺厦門提督
各官升黜有差嗟乎國家承平幾二百年民老死不
見兵革一旦匪徒揭竿發難烽火照三四百里不特
草野愚民亡魂失魄卽守土文武亦以未晤戎事縮
朒不能出一謀馬巷雖未罹鋒鏑然陳潤渠馬巷長
生洋鄉人也許朝陽馬巷後浦人也一罵賊鈎出其

舌視死如歸一中賊礮折斷雙股撲舷猶大呼殺賊使忠義之氣貫於日月李廷鈺亦馬巷侯賓鄉人也卒統大兵聚幺麼醜類而盡殲之復登斯民於衽席是小刀會之亂其關系於馬巷者固非淺尠也故詳考始末著之於篇俾後之修志乘者有所取焉

校補泉州府馬巷廳志序

癸巳之春余服闋來閩其夏五月以役礮捐旅於廈島適馬巷通判戎君陳猷調判興化大府檄余承其之既受篆欲詢廳之故以資治而紳衿者老言焉弗詳乃喟然曰廳固有志乎吾取其便於古者通於今庶有當乎取而讀之其志凡十八卷自星野建置都里以訖藝文雜記雖繁簡互異而宋元以前因革之迹炳然具存於是廳之利弊十得五六而吏胥不得因緣以售其奸又喟然曰志之有裨於治者若此顧

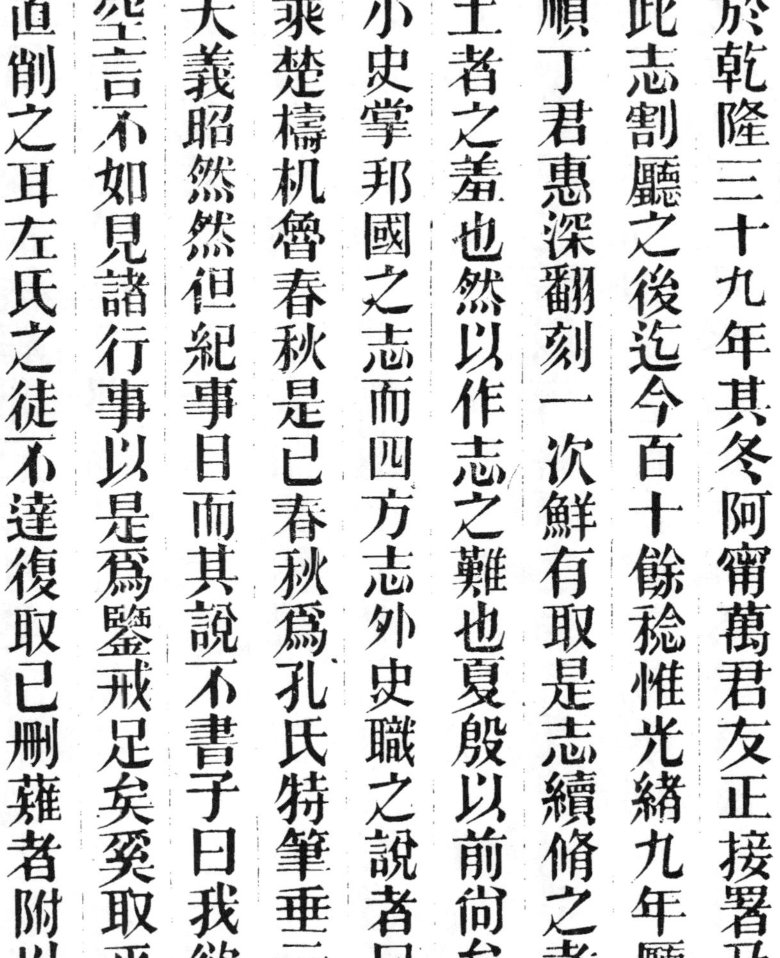

廳設於乾隆三十九年其冬阿甯萬君友正接署乃倡爲此志劃廳之後迄今百十餘稔惟光緒九年廳倅豐順丁君惠深翻刻一次鮮有取是志續脩之者亦守土者之羞也然以作志之難也夏殷以前尚矣周禮小史掌邦國之志而四方志外史職之說者曰若晉乘楚檮杌魯春秋是已春秋爲孔氏特筆垂示萬世大義昭然然但紀事目而其說不書子曰我欲載諸空言不如見諸行事以是爲鑒戒足矣奚取乎空文直削之耳左氏之徒不達復取已刪薙者附以

侈靡不經之談啟佞誨邪失其旨矣由是觀之志者志行事而已秦漢以還郡縣曷嘗無志居位者矜賢簪毫者騁說勢家侈其譜牒文士濫其詞章如是雖勿志可耳余早歲入官未諳吏治雖欲披榛莽穿閭巷以求隱微之跡其能無遺歷乎雖欲訪故家遺老多聞廣識以拾古今之眇論其能無遺說乎雖欲集諸子百家載筆之書以求其事之備者其能無遺覽乎況馬巷東南面海爲金門烈嶼檳榔嶼樓櫓所指適當其衝自鄭氏降蔡牽滅烽堠不舉者幾將百年

今則萬國通商海禁盡弛電燈若鏡鐵艦如梭其海防一門尤當思患豫防綢繆未雨以基隆爲前車之鑒壯厦島後路之威特非庖代者所遑卒業耳此編刻時丁君但期留存舊本未經讐對魯魚亥豕雜出其間又以板藏舫山書院久廢刷印故間有霉爛使及今不爲校補則新者未續舊者復亡將千百年一方掌故日就湮没後之操丹漆者其何以發汲冡以考安釐求蜀老而詢諸葛耶廼於案牘之暇息心披閱訛者正之脱者補之惜無萬君原本可資討論其

必不可通者姑沿其舊存之亦闕疑之義也是役也窮匝月之力校出訛字三百五十有七重刊爛者一十七板別刊萬君原序冠于卷標籤例得更署仍庋書院囑董事陳訓導德瑩愼守之若夫賡續成書深望於後之君子或請俟以期月三年云

廳志附錄序

夫郡邑之有志猶國之有史所以存掌故勸忠孝諗風俗之厚薄攷政體之得失非惟侈談天地鋪陳人物已也故數十年必一修責在有司先哲言之詳矣馬巷蕞爾幅員舊爲同安治轄內金門一區明時人才輩出卽極大都會亦當望而卻步自乾隆三十九年割地移官戸賦民事咸隸於廳建署馬家巷之孔溝爲馬巷有廳之始越三年廳倅萬君友正創爲廳志今閱其書多據乾隆三十二年錢塘吳鏞所修同

安縣志割裂而貫串之絕無闢草披荆之苦故未籌
欵設局書得剋期告成然其取棄尙當綱目簡不傷
約後之續志馬巷者必將奉爲圭臬也倘接武者亦
抱此必或十數年一修或數十年一續闕者補之譌
者正之則是書不將與武功甯化兩志並重寰宇乎
乃迄今百十有八年官不乏矣其有志於此者或弗
獲久留其久留焉者又未嘗有志於此志之失修職
是故耳余於癸巳夏來權廳事下車後即訪查廳志
經舫山書院董事檢示一函詢其板片乃光緒九年

丁君惠深翻刻萬本庋閣書院十載於茲未經印刷故霉蛀十居其三據書檢板斷殘無字者已一十七片徧訪完書珍如碩果因亟稟明大府先將殘蛀之板逐一重刊又於案牘餘閒校出訛字三百三十餘處一律捐廉召匠改正本擬籌款設局舉行續修知非五日京兆所能卒業且署中書記閱卷均未延友商榷之人因而中止然續修雖難假令近年廳倅篤志從事知檢嘉慶三年毘陵吳堂所續同安縣志道光間巡道周凱及同治末年舉人林豪所纂輯增修

之金門志互相參攷益以采訪尙不難賡續成書蓋同安志原括馬巷所有而金門又居馬巷三里之半有此兩志則久遠間斷之憾已得所據依矣況馬巷創志以後嘉慶間有伯爵提督李長庚諡忠毅係廳轄侯賓鄉人男爵提督邱良功諡剛勇係廳轄後浦鄉人道光間有江南提督陳化成諡忠愍係廳轄內洲溪左人四川布政使署總督蘇廷玉係廳轄潯頭鄉人咸豐初殉小刀會亂

特旨旌表義士陳潤渠係廳轄長生洋鄉人及剛勇

子陣亡總兵邱聯恩謚武烈忠毅子福建提督李廷鈺或以奇功偉績早邀青史之登或以經濟文章播遍黃童之口今其生長之邦轉無隻字載諸志乘其他之湮沒不彰更難枚舉此實守土者所深羞也因就謭見所及輯爲附錄三卷上卷恭錄　綸言寵典暨諸鉅公所撰碑文傳記及余所擬志傳數首中卷專錄廳轄諸先賢詩文並有關轄內山川掌故諸作下卷附余所擬通判題名記書院育嬰堂節烈祠各碑記章程暨馬巷金門兩祠內供奉節孝牌位

姓名似於舊志既無更損而於後此續修不無小補是以汗顏草稿努力付雕所愧限於才思迫於時日不無罣漏草率之譏海內博雅君子幸有以匡其不逮焉是爲序甲午孟春鄞縣黄家鼎駿孫識於廳署之仰正軒

吳眞人事實封號考

馬巷一彈丸地而祠廟特多附署四甲大街有通利廟祀保生大帝吳眞人每逢月朔必循常例詣香焉嗣催科下鄉見劉五店有龍騰宮珀埔鄉有武德宮趙岡鄉有保生廟皆棟宇宏敞禱者祈者犇走喘汗所祀俱吳眞人也歸檢廳志未載事蹟而金門志亦僅云廟在北門後浦祀吳眞人而已迺博攷典籍得宋莊郡守夏白礁鄉慈濟祖宮楊進士志靑礁鄉慈濟宮兩碑文　國朝李文貞公光地顏校官蘭吳眞

君廟兩碑記參合福建通志泉漳兩郡志同安安溪龍溪海澄諸縣志及近人黃化機譜系紀畧楊舍人浚白礁志畧所載爲之考俾續修廳志者有補於壇廟焉按神姓吴名夲（从大从十音叨諸志多作本誤）字華基號雲冲（一作雲衷）同安白礁鄉人或曰生於青礁（宋龍溪地今屬海澄）又作安溪石門人（見李文貞公記）父通封協成元君母黃氏封玉華大仙夢白龜而孕（一作夢星入懷）宋太平興國四年己卯三月十四夜大仙夢有神護童子降於庭曰是紫薇神人也越辰誕神神生而穎異年十七遇異人授以

青囊玉籙遂得三五飛步之法以濟人救物爲念其尤奇者能呪白骨復生背壺盧爲童子或疑其事幻誕不足信然咸豐初年江左八山人亦善此術嘗遇一男子爲盜砍斃於道腦出脛三斷氣已絶矣有老媪哭於旁曰三房衹此子今已矣八山人憫之取豆渣代腦削柳條爲脛呪之立活世間不乏長桑君特少見者多怪耳當是時神以醫名天下而又不取人一錢於是同安令江仙官（一作少峰）主簿張聖者高其義皆棄官從神游而黃醫官程眞人鄞仙姑尤得神秘

授仁宗時嘗至京師診帝后疾愈授御史見明同安縣志安溪縣志不受神兼通元術明道元年漳泉旱民艱於食神以法挽糧船賑救經月不匱越二年又苦疫神施符水以療存活無算景祐三年福建通志莊夏顏蘭碑記俱作六年五月初二日卒於家享壽五十有八見楊志碑文或云拔宅飛昇雞犬皆從世傳劉安王子晉事不盡誣也歿後民有瘡瘍疾疢不謁諸醫惟神是求焚香飲水沉疴立脫於是鄉之父老私謚爲醫靈眞人偶其像于龍湫菴在青礁先是塿工盤礴數日莫知所爲忽夢神告曰

吾貌類東村王汝華稍廣其額便肖工愕然運斤施堊若有相之者溯神靈之護宋也高宗爲太子時曾質於金思歸中原步月崔子廟忽聞廊下馬嘶遂乘之逃金遣鐵騎追至黄河高宗仰天呼祝忽見神旛蔽天戟鉞如雪金將怯退得從容渡河靖康二年高宗南渡神亦顯靈助戰深夜虔叩始夢示姓名紹興間虔寇猖獗烽火迫境上鄉人鼠竄豕奔相率請命於神不數日官軍斃其酋李三大將餘黨皆就擒睹廟中神像汗透巾帶慶元初寇復至開禧二年賊警

徧漳泉皆見忠顯侯旗幟不敢入界明年丁卯亢陽爲沴赤地千里漳泉民皆泣禱于神甘霖突沛歲大熟民獲奠安更著靈於明代太祖與陳友諒鏖兵鄱陽湖颶作龍舟將覆雲端忽露旗旛大書吳字天遂反風太祖得安成祖永樂間泉州府同安縣諸志俱作十七年按明史文皇后崩於永樂七年中宮遂虛文皇后患乳百藥不效詔求名醫神化道士詣闕牽絲於外診之隔幔灸以艾炷應手而愈問其姓氏官里神以實告且曰臣乃高皇帝時鄱陽湖助戰者世傳靈濟二徐眞人曾夢中授藥治文

皇后疾殆神之流亞歟一時廟食徧於郡邑泉郡善濟舖之有花橋廟漳郡上街之有漁頭廟同安白礁鄉龍溪新岱社詔安北門外各有慈濟宮海澄青礁鄉有吳眞君祠皆建於宋長泰治東龍津橋畔之慈濟宮南安治南武榮舖之慈濟眞人祠皆建於元安溪湖市之清溪宮同安仁德里之會堂宮海澄祖山社之紅滚廟皆建于明同安志云明初敕立廟於京師則香火不僅在郡邑也安溪石門尖有吳眞人祠海澄新盛街有眞君庵皆建於國初繇是東逮莆

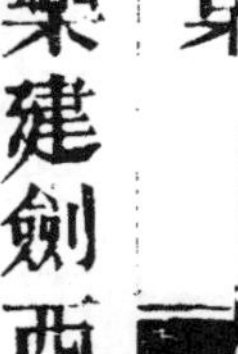

陽長樂建劍西被汀潮以至二廣莫不俎豆尊事人心皈嚮終始如一也神之封號據福建通志宋開禧三年封英惠侯累封普佑眞君泉州府志謂宋慶元中封忠顯侯開禧三年加封英惠侯明永樂十七年封恩主昊天醫靈妙惠眞君萬壽無極保生大帝漳州府志謂宋乾道間封慈濟眞人同安縣志稱宋乾道二年賜祠額曰慈濟湻祐元年升祠爲宮十五年封顯佑眞人寶祐五年封守道眞人加封廣惠景定五年封福善眞人咸湻二年封孚惠眞人德祐元年

封普祐眞君明永樂七年封萬壽無極大帝二十二年封保生大帝尋封恩主昊天醫靈妙惠眞君又稱慶元中封忠顯侯開禧初加封英惠侯累封普祐眞君安溪縣志稱自宋迄明敕封十五次爲無極保生大帝龍溪縣志稱宋乾道中封慈濟眞人海澄縣志稱宋乾道丙戌賜廟號爲慈濟慶元丙辰加忠顯侯嘉定間封英惠侯增康祐侯端平乙未封靈護侯嘉熙己亥晉正佑公庚子從御史趙涯之請改封冲應眞人淳祐辛丑詔改廟爲宮莊夏碑稱慶元乙卯封

忠顯侯開禧三年封英惠侯楊志碑稱乾道丙戌加
忠顯之封嘉定戊辰增英惠之號顏蘭碑稱廟立於
宋紹興二十年不言封號其書封號自明始曰洪武
五年封昊天御史醫靈真君永樂間加封萬壽無極
保生大帝不載何年事道光間黃化機作譜系紀畧
稱宋乾道元年封慈濟靈官慶元二年封忠顯侯嘉
定開封英惠侯寶慶三年封康佑侯嘉熙三年封正
佑公四年封冲應真人五年封妙道真君按宋理宗嘉熙祗四年明年卽淳祐改元咸淳二年封孚惠真君德祐元年封孚惠

妙道真君明洪武初封昊天御史醫靈真君永樂七年封萬壽無疆保生大帝洪熙元年封昊天金闕御史慈濟醫靈沖應護國孚惠普祐妙道真君萬壽無極保生大帝光緒初年楊浚作白礁志畧與黃化機紀畧同但增端平二年封靈護侯一條其謂封孚惠眞君在淳祐五年而無永樂七年封號各家所載紛如聚訟惟莊夏楊志俱以宋人言宋事且距里未及三舍距歲不過十紀當似可信乃謂神之卒也或紀景祐六年或紀三年丙子或紀四年丙子按景祐甲

戌改元四年後又改寶元則丙子宜在三年其稱四年丙子者固誤而云景祐六年者尤其謬也余維洪荒之世茹毛飲血人無疾病皆享大年自火食興而夭札之患以起古之聖人於民之疾病恒兢兢焉神農嘗百草黃帝著素問爲醫學所自昉降而倉公扁鵲司馬公作史記嘗取其術之神奇怪誕者著於列傳非好奇也蓋以六氣之所受六淫之所傷無不可以藥石起者醫者能審陰陽辨虛實洞見垣一方則因證下劑奏效如神庸醫不知其理以意摸索其死

者則諉之於命不知此特其術之未精耳示以倉公扁鵲之所以治病而世之懸壺市上者乃不敢刈人命如草菅不然醫一小道耳神以醫名亦一末技耳而技進於道生則救民之疾病歿則捍民之災患而其威靈赫奕乃至於裂赤縣擬黃屋而天下後世翕然無異辭此雖神之靈爽有以致之而歷代帝王愛民保赤之深心亦於此可見云

邱剛勇公傳

邱良功字玉韞號琢齋馬巷金門島後浦人幼孤事母至孝母病痢嘗糞長隸金門營爲兵乾隆六十年隨總兵李芳園出洋緝匪在蘇尖洋獲許江等在烏潯洋獲林鳳等又擒張春等併船獲馬芳園深器之拔補外委是年復在南日洋獲陳合等祥芝洋獲劉嘆等嘉慶元年隨游擊魏成德巡洋迭獲劇盜劉三張訓王時陳明吳班等次年又獲王忠楊善等五月在祥芝外洋遇盜艇一躍登舟擒匪首莫阿三等六

月在深滬廟內獲賊酋陳三貴升把總旋在永甯獲高集等在崇武獺窟洋獲曾春在將軍澳獲艇匪張阿四督撫　奏請議敘奉　硃批可嘉並於冣功姓名　加硃圈焉冣功以末弁結　主知感激愈自奮其後又迭獲陳六鄭梅梅吳秤黃克正等旋補千總引　見擢守備是時洋盜蔡牽朱濆方橫行海上分擾閩浙粵三洋七年冣功在銅山港獲蔡匪夥陳貿等復送部引　見升游擊隨浙江提督李長庚在江省扁礁洋獲駱然等十年

蔡牽竄擾臺灣復隨長庚赴臺勦捕並護理臺灣副將統率師船在臺澎各洋偵緝十一年牽以朱濆方擾北路突犯鹿耳門攻臺灣艮功乘其不備以火攻之殲其衆於洲仔尾轉由北汕與長庚夾擊牽船幾獲會潮漲逸去奉 旨摘去頂戴乃率舟師至大鷄籠進勦朱濆沈其艘又滅白衣匪於笨港牽再擾鹿耳門艮功衝陣敗之疏入 上復硃圈其姓名加副將銜 賞花翎蓋艮功忘身殄寇其簡在 帝心固已久矣逾年追朱濆於漚尾濆

東竄入鷄籠洋值潮退堵港口困之南澳總兵王得祿率舟師夾攻擒匪首林紅等潰遁入生番界窮追抵蘇澳毀其巢敘功一等授安平副將擢定海總兵未赴任值長庚殞於陣　上念海上將材可繼長庚者無逾良功乃　授浙江提督代統其軍良功隨長庚久痛其功敗垂成以滅牽自任十四年帶領舟師出洋督捕獲牽匪夥王鳥等偵知賊中綠頭大船牽坐艇也遇於漁山外洋良功揮令諸將擊散別船自以坐艍專攻之得祿亦率閩師至連夜追

過黑水洋艮功股被礮傷裹創擱鼓督戰益力颶風驟起浪起伏如山牽船大篷猝掛艮功帆上壓船幾覆軍士多落水勢急甚猶指揮奮擊賊船壞牽墜海死其妻及餘黨二百五六十人並殲焉生擒胡有均郭淺等提聞 上大悅 諭曰邱艮功左骰受傷着加恩晉封男爵仍賞給白玉翎管一個白玉四喜搬指一個金累絲搬指套一個大小荷包各一對艮功愈感 恩遇雖極貴不敢稍自逸嘗於田嶼洋面瞭見賊船戧帆追之至東機外洋風雨

暴至官船賊船皆漂散良功坐船亦折斷大桅碇舵槓具盡壞次日始收泊亟派兵弁沿海搜捕獲莊姜等蓋料賊船被漂必登岸修葺也十六年入都
陛見回任復出巡洋獲蔡險郭魁虞煥章徐進才翁阿三葉三豹邱台發癩頭四等次年復獲陳登陳烏青施阿興蔡勝玉王有升駱阿楚孔阿三等良功遇盜不避危險坐船嘗爲賊礮洞穿水暴入兵弁皆失色而良功夷然也十八年又獲陳彩能等十九年復請
覲回任迭獲胡時智柴武魁王文星陳

祖金等二十年又獲梁成起洪啓大郭乃姐陸瑞倫
舒玉燕等二十一年又獲何金鳳陳得奇潘永光等
二十二年又獲張和尚梁阿川等是春　奏請述職
出都於八月三十日行次甘泉縣病歿年四十九歲
遺疏入　上震悼　予祭葬　賜謚
剛勇子聯恩以三等男承襲官總兵自有傳長功性
端謹謙以下人嚴以馭將專閫九年以清廉著其官
水師也衽席波濤殄勦寇無算卽生擒交地方官訊
辦者亦幾及千人賊見長功旂幟無不股栗嘉慶朝

以水師名將稱者首數李長庚然長庚始拖於總督玉德阿林保所志不得遂洎受知仁廟幾成功矣竟殞於陣則天爲之也艮功隨長庚爲偏裨獨見寵任官把總卽邀九重特達之知卒殲巨逆以功名終其遭際有勝於長庚者閩中多將帥材漳泉兩郡五等之茅土備焉聯恩宛捻亂尤能以忠孝世其家於戲與戚繼光俞大猷爭烈矣

邱成勳後浦人艮功從子常從艮功出洋緝匪嘉慶十四年艮功追蔡牽至漁山遍黑水洋舟相比噴筒

火箭迸集如雨成勳奮身格鬬中傷落海死事聞照把總例　賜卹世襲雲騎尉

許攀桂後浦人安平中營把總嘉慶十一年蔡牽突犯鹿耳門攀桂掉快船力戰中賊礮焚死廕一子外委祀後浦昭忠祠

李合成古甯頭鄉人安平左營外委嘉慶十一年從邱良功擊沈朱濆黨巨艦後復擊朱濆於滬尾洋死之　賜卹襲祀後浦昭忠祠

蘇廷玉傳

蘇廷玉字韞山號鰲石馬巷翔風里人少孤力學年二十一補博士弟子員嘉慶戊辰舉於鄉甲戌成進士改庶吉士散館改刑部主事勤於訊鞫有能聲道光丙戌擢員外郎丁亥京察一等陞郎中明年

記名以道府用己丑補松江府知府未抵省已

奏署江甯府先是安徽建德典史秦學健京控一案株連多人皖省訊五年不能結總督陶文毅公舉以相屬廷玉窮百日夜獨鞫之學健服任松江甫

三月調署蘇州府吳賦重甲天下漕徵尤民重紳輕廷玉飭所屬紳戸照納民戸減完民稱頌焉次年陞陝西延榆綏道　奏署江蘇糧道壬辰始受代行次丹陽調蘇松太道又陞山東按察使平亭多要獄高密李孟山殺姦一案府縣均以擅殺罪人擬絞廷玉判曰姦所殺姦且在登時於律應勿論破械釋之府縣胥役私設押所曰老虎洞控案稍有牽涉輒私禁勒贖久爲民患廷玉廉得之親往勘辦數百人皆髪長被面無人色立縱之去癸巳調四川按察使署布

政使甲午回本任川省嘓匪橫肆大邑李碑喜等帶刀强搶婦女輪姦捕治置重典匪皆斂迹乙未巂邊夷匪出巢焚掠布政使李羲文督師往剿廷玉兼理藩條捐廉萬金濟餉　賞戴花翎丙申陞布政使其明年馬邊屏山雷波倮夷又大出刦掠總督鄂山調兵萬餘兩路進攻廷玉進曰師行逾萬而總督不親往事權不一恐僨事鄂山以老病謝兩路師卒無功而返戊戌二月成都米價驟翔時當青黃不接人情洶洶有不可終日之勢廷玉以本省頻年皆豐

稔且兩湖江西亦有年藏穀既多又無轉運此必奸商囤積居奇所致因飭各州縣排日巡察鄉塲囤戶責令出糶又倡同官捐廉買米入城假爲商販減價發售民乃帖然是秋鄂山卒於任　朝命廷玉署總督加兵部侍郎銜而別簡劉韻珂爲布政使實授之命蓋覘日可待矣廷玉感激　恩遇因念四廳猓夷擾害蜀都恒千百爲羣恣意淫掠邊民水火已及十年歷任總督雖剿撫兼施皆粉飾邊功傅會了案非發兵剿捕不足以張　國威而除民

患遂會同將軍凱音布提督張必祿具疏瀝陳并單銜附片以蜀中賦則甚輕請先發帑金三百萬供餉川賦則每一兩加征五錢勻十年攤還部欵疏入

成皇帝以搖人心傷元氣切責之降廷玉按察使拔去花翎凱音布張必祿及臬司多歡皆交部嚴議　聖主慎言用兵尤惡加賦廷玉冒昧陳奏其獲咎固宜然當日廷玉方駸駸向用使但委蛇保位可以躐致眞除而乃激於愚誠勇往自奮其謀雖疎要非俯仰隨人者所能及故　上終憐其戇

但左遷焉是年十月廷玉在總督任內值貴州懷仁奸民穆繼賢等妖言惑衆嘯聚五百人作亂川屬綦江實與接壤知縣毛輝鳳外委章泗明帶兵勇三十名與懷仁縣王鼎彝會捕泗明爲所戕是時懷仁文武思委過川省轉以川中匪徒越界滋事爲詞巡撫賀長齡據以入告廷玉不與辨仍檄總兵張作功等入黔會剿并濟之軍火穆繼賢就擒論功不及川省廷玉亦不與爭其遇事善持大體類如此庚子內用大理寺少卿旋 命休致回籍三年英吉利擾

上海　命以四品京堂起用辦理蘇州糧臺甫到撫局已成次年乃歸居家頗留心時事英人窺厦門廷玉招神鎗教式於福州五虎門訓練土勇皆成勁旅又捐資築土堡於泉州海口以防竄突咸豐壬子卒年七十歲著有亦佳室詩文鈔從政雜錄其時務說示兒書尤有關於安邊禦寇云

邱武烈公傳

邱聯恩字偉堂前浙江提督良功子也生穎異有父風良功卒年僅八歲聞訃迎喪哀毀如成人事嫡母吳生母王以孝稱弱冠襲爵挑充侍衛直

乾清門道光癸卯選授直隸通州副將甲辰調河間協副將所至紀律嚴明得兵民心咸豐癸丑三月粵寇擾近畿聯恩始防留智廟後防景州寇皆不敢犯甲寅六月陞河南南陽鎮總兵時武漢新復逆匪下竄聯恩率隊駐光州堵禦戰於息縣殪匪千餘擒捻

首丁心田而黃家莊一帶匪遂滅跡乙卯三月以防固始信陽功　賞花翎當是時楚皖髮捻並起髮匪由蘄黃直趨武漢捻匪張落刑擾歸德竄光州出入潁亳間　朝命聯恩嚴防楚豫交界以杜北竄聯恩先復息縣丙辰正月赴歸德勦捻股戰皆捷斬馘數千亳州久被賊圍兵至立解又攻克雉河賊巢甕匪無算九月襄陽土匪擾鄧州新野回軍往援適落刑圍陳州聯恩登陴固守時出奇兵縱擊落刑東竄去十月鄧州失守移師恢復之並破秦集薛

集各踞匪楚豫交界斷賊蹤焉丁巳二月匪復竄回豫境屯淅川光化之間聯恩督小隊往勦猝與賊遇山深箐密我兵被圍不得出聯恩躬冒礮火衝賊陣七次斃騎馬悍賊數十人賊始驚潰是役也以少擊衆威名震遠近皖以南無不恃之爲長城矣匪復北竄陷內鄉聯恩拔隊往援克內鄉斬逆首朱中立於陣及餘匪二千餘跟踪至屈家灣搜捕賊黨殆盡落刑又竄光固聯恩馳抵光州踏平鳳尾集賊壘十餘座進攻方家集老巢又破之光固皆平　賞圖

薩蘭巴圖魯八月與勝保會師夾攻正陽關克之十月抵泌陽之銀洞山獲勝餘匪繳械降十一月督兵入內鄉西山搜剿竄匪山絕險蠶叢鳥道馬不能行聯恩徒步奔馳足皆重趼至十八盤山石磦砢嵯峨上下數十里氣喘不得屬天寒雨雪泥没髁尺餘人馬多墜深磵死聯恩亦屢跌屢仆趲行較遲糧垂盡士卒皆忍飢覓路而賊早已遠遁巡撫英桂疏劾剿辦稽延奉 旨摘頂翎聯恩既出險料賊必竄泌陽遂由角子山出馬谷田邀擊之連戰皆捷生擒

捻首胡倫修殺餘匪數千老逆張汶成挾死黨百十人匿查牙山高洞中聯恩乘夜往攻悉數擒獲所過村莊鎮集男婦老幼莫不遮道跪迎餽送牛酒不絕以爲將軍重活我也英桂復奏剿匪出力奉

旨賞還頂翎並令駐紮汝甯以爲後路聲援戊午春皖匪陷麻城黃安迭次往援匪皆紛散麻黃既復匪竄商城聯恩率師翻越山嶺歷八晝夜及之三戰三勝殺賊千餘遂駐商城以防回竄八月移師陳州次息縣巡撫恒福檄調駐光州會落刑擾周家口聯恩

分兵轟擊賊狼狽竄遯正躡追閒恆福又調駐鹿邑
賊得回踞亳州已未二月聯恩聞歸德圍急由鹿邑
督四千兵馳抵李家口是時賊向西竄馬步數萬剽
行甚疾甯陵睢州相繼陷聯恩卷甲窮追戰於夾河
套逍遙集殺賊二千餘克二城救出難民無數恆福
疏劾勦賊遲誤奉　旨奪職聯恩自以受
國重恩誓死滅賊常提孤軍轉戰數千里赴艱涉
險寢不解甲顧受文吏牽制冒觀望名感憤不能平
乃慨然有致命疆場之志矣嗣落刑竄至舞陽之北

舞渡將圖北犯聯恩繞道截遏欲迫之沙河一鼓成擒二十五日行抵打虎橋墓誌作嗅虎橋待考距北舞渡二十里匪已蠭擁來撲聯恩大隊猶未至親出迎敵將士莫不死鬭自辰至未歷四時狂風忽起天地晝晦隊不能收賊騎數千分兩翼壓陣而下聯恩激厲親軍奮力抵禦賊聚愈多勢漸亟乃躍馬衝入賊陣橫刀左右砍殺身中數創馬蹶遂遇害年四十八歲越十餘日得屍面如生尚凜凜有怒氣恆福以狀聞

文宗震悼　詔開復原官以提督例優卹

賜祭葬　予謚武烈南陽北舞渡及原籍

准建專祠子三人炳忠炳信炳義

陳上國傳

陳上國字克潤號愧堂馬巷內官鄉人父必高官外委於乾隆五十二年死臺灣林爽文之難 給雲騎尉世職必高無子以族弟舉人貫中子上國爲嗣并承襲焉道光二十年英人陷厦門上國方在水師提標學習援仗七次無怯色時鴉片禁甚嚴洋商多句結內地奸民窩囤銷售上國奉檄查拏獲邱宣陳乾陳往蔡莊等又以訪拏蔡炒陳光當等匪糾衆拒捕上國額臑中石子傷幾斃而遇敵仍不少縮提

督實武襄公深器之次年在温州洋擊沈盜船三隻獲李買等十八人二十四年權千總獲戕官要犯陳狃等十八人皆置極典上國捕盜善偵蹤跡購眼線而又蹈危涉險誓不返顧故自官千戎至署游擊所破刼案至二十餘起生擒劇盜至二百餘人落海淹斃者尤夥有其鄉李忠毅邱剛勇風咸豐三年海澄黃得美倡小刀會踞厦門上國隨總統李廷鈺進剿所向輒克厦門復以功升游擊 賞戴花翎其時黃得美雖誅而興化土匪林俊猶據仙游巡撫王靖

毅公檄上國赴軍營差遣隨大軍搗賊巢生獲烏白旂匪首陳尾等偽先鋒陳萬年賊中驍桀也上國斷其左腕梟其首以獻事平補海壇游擊加副將銜六年四月出援江西駐建昌府城南髮逆屢撲屢勝相持半年賊脅土冦四面環攻城陷上國率勇力戰歿於陣年四十二歲事聞　詔以叅將例

賜卹又給一雲騎尉世職

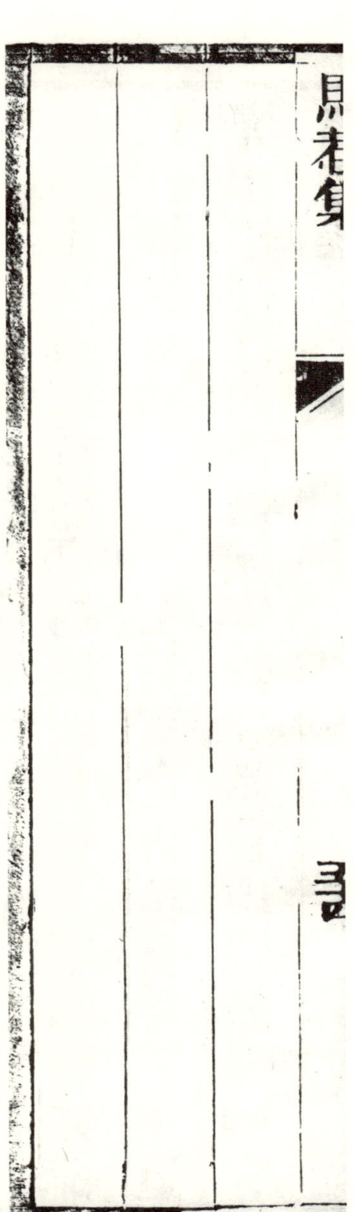

李廷鈺傳

李廷鈺字潤堂號鶴樵忠毅公所撫同姓子也忠毅子廷駒字誠驤早卒乃以廷鈺承襲封爵服闋欲改就文職格於例不行嘉慶癸酉年二十二歲補二等侍衛庚辰春　派隨圍預領侍衛章京前後凡扈　蹕出塞者三度居庸者再臨易水者五

上早識之於屬車豹尾間矣行走期滿將外補以忤權貴被劾　上特宥之再留當差三年道光甲申授江西南昌城守營副將葺垣墻繕礮械守

備甚嚴丁亥署九江鎮總兵鎮轄姑山俯瞰大江沿江業漁小艇以千數山寺魏道士與勾結爲奸見客舟遇險陰舉黃旗爲號漁艇蟻集劫搶一空查辦七年不得端緒廷鈺到任不匝月破之寘重典戊子癸巳兩權南贛鎮會昌灘河險阻濱河三十里賴劉黃三巨姓恃衆暴横掠劫勒贖甚且殺人廷鈺同郡守率兵剿捕獲首犯賴維福維莊兄弟幷餘犯五十餘名起獲礮彈贓私無數燬其巢穴又迭獲會匪安遠公張公簡粵匪朱房長吳老滿朱永興等奸宄爲之

斂迹升廣東潮州鎮總兵潮爲粵中奥區民俗强悍盜賊藉爲淵藪廷鈺偵知普寧之首途洋等鄉最爲稔惡嚴飭搜捕先後查辦鬬刦案五十餘起獲犯千一百六十餘名分別懲究此風乃漸戢焉壬寅

命赴江蘇軍營抵杭州調補江南狼山鎮總兵未之任升浙江提督時英人方就撫　諭令會同巡撫劉韻珂辦理海防事宜廷鈺請將額設戰船改造同安梭船四十隻八槳船八十隻吳淞海口戰船亦減半照改　廷議江浙戰船各先改造梭船

二隻八槳船八隻其船工責成廷鈺一手經理船成試驗頗不宜於江南於甯波定海等處則稱便焉其時夷氛不靖海盜亦乘機肆擾廷鈺以黃巖洋面多土匪温州洋面多閩盜乍浦洋面多江南闊頭舢板匪船率皆越界搶掠嚴飭水師一體梭緝洋面漸次肅清乃於其間遵　旨籌擬練兵章程九條造船募水勇章程六條甯郡定海紹興海口籌防章程十條覆　奏奉　旨報可嗣又遵　旨會擬選練防江防海章程二十四條其前十二條云提

標左營兵丁應改爲外海水師鎮海營應改隷提督

管轄石浦地方應酌添兵丁並將昌石營都司移駐

其地乍浦兵數應酌量加增幷將該營叅將升爲副

將海鹽縣之澉浦地方應添設外海水師海甯州應

添設内河水師現擬添設之員弁兵丁應在本省各

營裁撥通省陸路兵丁應選擇十分之三專習火器

乍浦駐防兵丁應專習陸戰水師應令以巡緝爲操

練水師各鎮應照例出洋統巡弁按期會哨提督應

每年親往沿海各營校閱兵技其後十二條云巡撫

每年應親赴乍浦等處校閱兵技水師額設戰船應俟同安梭船造成試驗後挨營分別安設錢塘江內應添設船隻學習水戰水師應召募善於泅水之人教習各兵招寶金雞兩山及乍浦等處原建各炮臺應照舊修復并擇要添築鎮海乍浦之後路均應添築炮臺併將海甯州鳳凰山原建炮臺移置山下海甯海鹽交界之談仙嶺應建築石寨內修炮臺沿海城寨應擇要修復備藏伏兵船分䑸抄襲各兵所需賞項應酌裁馬兵亦應節省經費選練鎗炮各兵所

需火藥鉛彈應分別添製各處炮臺及戰船內應配炮位應分別添鑄各營遺失器械幷飭如數補製應修應建各炮臺及城垣衙署兵房各工應分別動欵興辦勸諭捐輸奉　旨依議癸卯奉　諭江南善後事宜著耆英李廷鈺各就地勢悉心講求妥議章程具奏其江北一帶著會同李湘棻辦理廷鈺即咨會江省督撫江南提督覆　奏請於福山添設水師總兵一員將福山營官兵抵作一營尚應添設兩營或游擊或都司二員兵丁一千五六百名與

狼山崇明互相犄角內可攔截江口翼蔽蘇州外可控制吳淞海口方爲久安之策尋復遵 旨覆奏酌定善後事宜議請蘇常鎮標各營應與毘連各營互相操巡福山營狼山鎮標左營應專管福狼一帶江面京口左右兩營應分防鵝鼻嘴圌山關等處高資營兵應分班操船兼防圌山關三江營守備應改爲內河水師長江戰船應先製木筏總督應按年巡閱圌山關鵝鼻嘴江防一次鵝鼻嘴圌山關外之江心沙洲乃鎮江揚州之門戶江甯省城之內戶均

應備兵炮以昭嚴密吳淞口應設防兵吳淞上海及江北各後路亦應備兵炮以資救援上海地方應移駐同知提標右營游擊應升為參將并加副將銜常熟昭文二縣內向無城守官兵今擬移駐陸路千總并抽添弁兵以資防守操練水師兵丁以備巡防練習泅水兵丁以收實用提鎮副將應親身出洋出江考校統巡陸路汛守兵丁應一體操練以免缺額充數酌裁外海內河水師營馬匹節省經費加給操巡水師兵丁口糧鼓鑄炮位補製各營遺失器械修復

江海要隘汛房慎選鎮將都守守合調和文武消弭伏莽共二十八條　上皆嘉納廷鈺綜覈縝密苦心焦思頗爲　朝廷所倚畀而鄰省江防皆
命會籌忌者側目是年以巡洋稍緩爲言者所彈奪職歸乃自侯賓鄉移居泉郡葺靖海侯廢園居之杜門卻軌惟以筆墨自娛所校訂之漢唐名臣傳陶淵明全集契丹國志考證宋劉文靖公全集簡可編刻印精工藝林稱善本咸豐癸丑粵寇破金陵蔓延閩疆侍郎王慶雲　奏請會辦泉屬團練四月

漳州會匪黃得美作亂久據厦門巡撫王靖毅公
奏起剿賊七月進兵斬僞元帥黃潮梟僞公司黃英
暨通賊之武舉黃逢日乘勢進攻所向皆捷
賞給二品頂戴督辦同厦軍務十月克厦門磔黃得
美於市事聞　授福建水師提督次年又赴海
澄等處搜捕餘匪獲逆屬黃德人旂首李燕及蘇因
蘇景蘇換黃振林闖陳總黃東郭泰等誅之丙辰
旨著來京另候簡用請假回籍辛酉三月江右
髮逆擱入閩省督撫　奏辦厦門團練未赴防六月

二十七日以病卒於家春秋七十歲廷鈺將家子而恂恂有儒者風善詩文工書畫又善鑑別古法帖真贋所至常與諸名士論文賦詩有小李太尉之目丁酉入　覲乞調簡缺　上顧謂爾能文必能坐鎮巖疆不許廷鈺退鐫　帝許能文私章以志榮寵然繕性忠誠遇事有膽識官江右時永豐監生周貢芳以平糶激變毆官焚署勢洶洶廷鈺馳往勘至則盡撤兵衛開誠曉諭勒獻首犯反正者悉宥之不旬日反側皆安地方靜謐若無事壬辰大水

當事出示招賑饑民屬集多至四十餘萬自沙井抵樂化連棚三十里風雪交加道殣相望有過章江城攫食者糧既不繼而招之使來無辭以謝議發兵阻拒廷鈺力陳不可鋭身往諭令散歸饑民涕泣聽命每棚酌給川資備民船送之凡五日去盡無一人留者其才足應變如此善捕海盜嘗遣營弁汪忠豪招募水勇得閩省漁戶何達等二十三人用爲眼線降巨盜柯濆等五十九名餘匪皆遯又於崇武洋擊僞水元帥黃馬義落水死先後飭弁拏獲積匪多至二

三百人淹斃者無算林俊餘孽陳歲等攻撲泉城廷鈺發勁卒五百人命子逢時星夜馳援城圍立解不以事屬陸營稍分畛域泉人至今德之待民以慈惠爲懷權南贛時贛民以販私鹽被繫者囹圄幾滿廷鈺密啟江督蔣節相謂粤私只礙商私無損官課今槩以法繩之是驅民爲盜也且損商濟民於理無害請仿王文成法凡自梅嶺肩鹽來者悉勿問於是盜案歲減半治軍嚴而有恩金厦七營兵餉省放銀鈔各半是時鈔賤貫抵錢六十兵皆觖望廷鈺請就厦門

官錢局及關稅項下撥銀四千餘兩勻給兵食餘仍赴省請領兵以爲便又以鷺島甫經兵燹非表揚忠義無以作士氣剏廉建昭忠祠以祀死事者故兵弁皆樂爲之用云所著七省海疆紀程新編靖海論行軍紀律美蔭堂書畫論跋臨各家帖硯銘皆刋刻行世其秋柯草堂文集承恩堂奏藁自治官書幷詩集七種未梓子二十一人

李增階字益伯號謙堂忠毅公從子也嘉慶三年忠毅討蔡牽爲舟師統帥增階隨營緝匪戰最力忠毅

歿於陣增階常慣激流涕以滅寇自任邱艮功之追寇也增階率八百人爲前鋒先煅精鐵爲二簽長丈有咫嵌於鷁首至是及之於黑水洋艦相銜風猛浪激簽鐵入賊舟不得解兩軍皆拚死狠鬬兵及短接火箭橫飛忽流礮洞火藥艙兩舟皆焚烟燄蔽天日寇斃於海增階亦負重創落水後舟撈之起將士得活者僅二十九人捷聞　賞戴花翎並

賞翎管一枝增階在洋二十餘年大小二百餘戰獲盜匪四十二起沈盜舟二十八獲盜舟三十三手及

劇盜五百餘人割首級四十餘顆迫斃於海者萬數嘉慶朝由偏裨洊擢至廣東水陸提督道光朝授南洋總巡大臣　賞換雙眼花翎　賞玉搬指一某年卒著有外海水程戰法紀要行世

李懋庸字炳輝號鴻山增階三子少能文納粟爲國子生三試南闈不售乃投水師營爲戰兵屢隨提督竇武襄公出洋緝盜獲朱祿魏正林候等咸豐初會匪黃得美陷厦門隨總統李廷鈺往剿獲股首黃逢日僞副元帥陳必又隨總兵孫鼎鼇巡洋獲謝元等

積功洊升守備十一年隨閩安副將吴鴻源追賊於崇武洋風逆戧帆進船碎與子曦暘同沈於海死總督慶端　奏聞　旨贈一級以千總難蔭世襲入祀昭忠祠同時李懋元字正亨亦忠毅從姪孫隨增階出洋獲海盜十餘起官廣東電白游擊咸豐十年升山東登州鎮總兵旋隨僧邸勦捻匪復淄川縣城題升提督　旨飭先回本任卒李家世官水師皆能以功名顯海内以比漢之北平然李廣立功邊塞數奇不侯忠毅則烈士胙茅澤流奕世

聖朝優待勞臣誠超越於尋常萬萬耳

林向榮傳

林向榮字戰志號龍江馬巷柏頭鄉人道光十三年入金門鎮營爲戰兵在洋緝獲海盜陳芒王七陳甘康田陳妙陳改王信蔡華李買林進林應陳分陳爾等數百人牽獲及擊沈匪船多隻在鄉踹獲林窓林塗林衣陳牛楊晚魏勇林兜等及烟販褚克配施工吳勤涼等數十人總督劉韻珂以爲能　奏請鼓勵

奉　旨以千總應升之缺儘先補用弁於向榮二字加　硃圈焉二十六七年間又在洋迭獲

林賢略魏正林坻林垵等補南澳守備旋升海壇游擊咸豐三年升廣東海門叅將未抵任值厦門黄得美之亂因雇勇不慎落職旋捐資募勇隨總統李廷鈺攻復厦門開復原官四年補水提中軍叅將逾年護海壇鎮總兵在南日外洋擊沈匪船二隻擒胡阿好等在湄洲洋攻獲盜船一隻大礮二尊擒蘇松等升閩安副將八年四月髮逆由江右竄閩上游陷邵武郡縣圍建甯破浦城松溪政和崇安建陽等邑檄署建甯鎮總兵先後克復各城池七月戰於毛墩塔

嶺師挫革職留任八月又進攻吉陽斃偽丞相楊甲偽大將軍鍾大紅黃純富偽兵部曹甲移師建陽搜獲逆首楊三仔等斬之以功復職九年擢廣東碣石鎮總兵調臺灣鎮同治元年三月臺灣土匪戴萬生作亂戕官陷城南北路皆震向榮率師進討駐八掌溪候糧大雨溪漲糧不時至退紮鹽水港巡道洪毓琛以向榮進兵延緩揭諸省巡撫徐清惠公 奏請暫行革職是時賊圍嘉義急鎮道不相能向榮催糧輒不應軍心漸懈向榮乃發書至家傾家貲七千金

募親勇五百人赴援六月進攻解嘉義斗六圍七月復剿滅大崙等莊閏八月賊又圍斗六向榮星夜馳救苦戰十日圍復解賊偵知我軍乏糧十三日率衆十餘萬來攻飛書告急糧與兵皆不至兵勇採樹子刮木皮撈浮萍羅雀鼠充饑死亡相枕藉賊圍益急向榮激厲士卒無不發憤爭先日有斬獲相持至九月十七日賊以牛車載草焚燒壁壘蠭擁環撲向榮督勇死拒血戰徹夜抵晨陣亡屍被支解年四十九歲胞弟附生林向皋次子外委林張成從子署外委

林忠成勇首林福林烈林子義林廷邦林敏姪孫外委林其壽額外林其儁林立林名才林大猷弁親勇四百七十八人殉焉妻吳氏聞變絶粒死洪毓琛奏聞奉
旨開復原官
賞給騎都尉世職
賜祭葬銀七百兩七年御史范熙溥
奏請建立專祠
上以向榮血戰捐軀忠節萃於一門隨死將弁至數百人均屬深明大義准於臺灣府城並本籍地方建立專祠從死者一體附祀光緒十六年欽奉
懿旨
賜祭一壇嗚呼勞

臣勤事之忱　朝廷旌忠之典可謂兩無憾矣

陳烈婦傳

烈婦姓陳氏馬巷廳人父德瑩以諸生候選訓導母彭氏光緒八年壬午烈婦年十七歸澳頭鄉童生蘇圻荆爲妻圻荆早歲以攻苦得損疾父炳舉母許氏竊以爲憂烈婦至侍夫疾必盡誠事翁姑必盡孝戚鄙皆賢之明年炳舉卒圻荆以毁故疾益劇又明年烈婦舉一子甫彌月而圻荆遽殞當圻荆病亟時烈婦已决以身殉至圻荆卒不食已五日矣家人百計勸慰卒不食凡絶粒九日而死蓋甲申閏五月二十

日也十九年癸巳余來倅斯廳下車首訪節烈聞烈婦事賦詩以紀廼於時日未及爲之請　旌二十一年乙未重蒞茲土舉人陳鴻文等復以爲言余曰是有司之責也廼爲據情上達

鑾章寵賁指日在門而其子並蒂年已十二抱書入塾彬彬如也烏乎烈婦亦可以少慰矣

論曰烈婦於蘇圻荆之死固不必以身殉也即使有迫於不能不殉者而上有邁姑下有尺孩幾何不有辭以自解也乃烈婦之心惟知有夫其決計相從若

有稍遲徊濡忍而不可者烏乎世之苟活偷生顯悖名義而不顧者大抵皆有辭以自解者也豈知託一辭以自解固烈婦之所不屑爲哉

募置金門節孝祠祭業引

蓋聞乾坤清淑之氣莫肅於孀媰國家旌表之榮不遺乎嫠婦誠以摩笄矢志飲蘖勵操冰雪不足喻其堅凝竹柏無以方其勁挺臺高巴蜀爛然銀牓之書祠築露涇赫甚明瑙之像此朝廷所以教節亦長吏所以風民也金門天闢井疆俗敦忠厚非特男子之文章韜畧常炳丹青即若婦女之取義成仁亦先史冊巾幗鬚眉天所賦也春秋俎豆禮亦宜之惜哉太武之祠久淪蔓草牧洲之記

空牘遺篇光緒壬辰歲萬二尹鵬偕韓都司汝爲各捐鶴俸林舉人豪洪舉人作舟林茂才慰蒼力任鳩工乃於縣丞署之右浯江書院之左誅鋤草茆謀重建焉落成之日分祀四百一十有二人或賫志于青春或完貞於白首或勞面目而不悔或甘刀鋸而如飴萃正氣於一堂如聞歌泣扶大倫於千古獨拄綱常在未亡人第行其心之所安在士大夫宜表其風於已泯本廳方欲旁搜事實作志傳以闡幽廣索友朋徵詩歌以示後然一字之榮褒已定而四時之祭

典宜修側聞是祠僅具堂楹絶無產業何以潔蘋蘩之供伸酒醴之虔固守土之羞亦邑紳之責也除本廳捐廉倡首外尙望

諸君子慨解豐囊共襄盛舉公置祭業用肅明禋庶幾集腋成裘長壯几筵之色聚花作塔彌昭肸蠁之靈是爲引

金門浯江書院祭子朱子文

書院歲祭定九月八日余以録囚至金蔦二

尹鵬偕紳董請主奠因擬此篇

維光緒十有九年歲次癸巳秋九月庚辰朔越七日丁亥宜祭之辰知馬巷廳事具官黄家鼎謹以羊一豕一致祭於浯江書院

先賢徽國朱文公之靈曰烏虖千古道統溯自唐虞禹湯文武相繼都俞成周之季道在師儒篤生宣聖爲世楷模麟書始啟鳳德非孤不逢側席乃歎乘桴

退而傳道七二之徒惟學一貫徑有歧趨漢魏唐宋
派別攸殊穿鑿訓詁拘泥方隅出奴入主非墨是朱
晦盲否塞道愈榛蕪我　公崛起上接泗洙以德爲
矩以禮爲符居仁由義守轍循塗異端必黜元化獨
扶大學綱目語孟菑畬抉理及奧味經在腴旁逮詞
賦雅雅魚魚持此致用豈陋豈迂奈何季世學不愈
愚正心誠意與俗齟齬黨人傾軋路鬼揶揄詔禁僞
學闔海飢驅雲霧四塞莫破陽烏憶　公傳同遺愛
未渝至今婦孺飲食猶腴況此浯江　公曾來居存

神過化澤被海壖明德匪遠舊學猶荂紛爲講院絃誦喁于莘莘俎豆循循詩書配享六子爲世璠璵左則許許升字順之呂呂大奎字圭叔林林希元字次崖接其裾右則王王力行字近思邱邱葵字吉甫許許獬字鍾斗踵其趺馨香可格車服未徂儼然山斗燦甚球輿嗟嗟　公往邪說漸誣近者異教天主耶蘇託爲上帝人雜言汙流俗披靡應若鼓枹微言已絕大義誰呼具官承乏憂心瞿瞿竊聞憲典侮聖必誅剗其狂吠箏於巨盧願告士庶簣鼓先祜脩我律度黜彼淫睢常飭簠簋如銘几杆優游

劍佩告誡錞釪庶幾他族永息喙味蘋蘩潔矣酒醴甘乎裒裒庭廡想像履絇　公靈如在飲此一壺尚饗

三忠廟祭三先生文并序

光緒癸巳夏家鼎承乏泉州馬巷廳事廳西北十二里有三忠廟祀宋末文信國陸丞相張越國公三先生也相傳帝昺南奔諸臣扈蹕於此故築室以祀考宋室播遷由閩入粵厥後越國戰歿丞相徇君獨信國開府贛州兵敗被執未嘗一至泉州曷以不曰雙忠如唐張巡許遠之例顏常山可不與焉而必曰三忠者何哉孔子稱殷有三仁要之一去一奴一死雖蹤跡不同其貞純亮節則一也三忠猶三仁云爾於

是涓吉刑牲爰爲文以祭曰

烏乎士懷非常之才抱非常之志豈不願保泰持盈措天下於磐石不幸生丁末造國破家亡出萬死一生之計將使決裂金甌斡旋無缺不避險阻不畏艱難此豈與遭逢際會因人成事者流可同日語哉當宋迫於元臨安失守徒存疏逖遺臣如三先生者立君以主社稷濱海圖存苟天水之祚當延卽循有仍轍迹亦未可知乃卒至厓山舟覆趙氏孑遺並葬於魚腹其才雖未竟其志苦矣夫海上小朝廷差强於

山中孤兒也三先生之扶持補救不亞於程嬰杵臼也一則興焉一則亡焉豈非天哉然天能斬人之祀傾人之宗而必不能阻人以成名則名之不朽於後者直與日月爭光所謂人定勝天非耶三先生見危授命百折不渝身家之有無繫於其國迄於今在國家有褒忠之典在庠序有勸忠之經至婦人孺子各樂道其事俎豆千秋謳歌八極凡廟食之所豈僅閩南一隅已哉家鼎登其堂瞻其容敵愾之鬚眉宛在勤王之謦欬如聞庶幾來嘗來格以福我馬巷之民

按今三忠宫額曰三忠廟不知舊志因何誤廟爲宫致萬陳重脩記皆沿其謬兹特更正以存其實癸巳嘴八日家鼎識

三忠廟春祭文

維光緒二十年歲次甲午孟春之月已卯朔越八日丁亥宜祭之辰通判馬巷廳事具官黃家鼎謹以少牢之儀致祭於

宋文丞相陸丞相張越國公之靈曰嗚呼河山板蕩國事倉皇聲哀白雁刼應紅羊君臣駭散士卒潰亡旄頭芒大鵙尾烟長棲遲荒島躑躅戰塲幾翻地軸孰凴天綱義旗文相海舶陸張同心報主異地勤王蕞爾同安宋時馬巷屬於同安少帝曾航御羅石名寶蓋山名背陰

面陽巖名出米洞列壺漿謂五議洞一旦瓦解如焱埽穅

日月黯澹波涙皺揚瞑目何悔斷脰非殤如古列士

三仁三良生雖分道死合同堂栗主鼎峙貞珉孔彰

歲時旨祀春秋蒸嘗具官承之祀事虔將緬懷劍佩

慨慕冠裳文公起義閩贛迴翔扁擔兵潰玉帶生涼

不逢炎午空覔環娘黃冠故里赤刼餘杭檻車北道

鬼火陰房牛雜騏驥鷄逐鳳凰瑶琴荒寺孝經柙床

厓山內墜本穴蘭戕魂游柴市氣盡錢塘張公輔相

海上踉蹌虎嘯豀谷鳥集帆檣飄零玉輦寂寞銀潢

大學立講誠正不忘陸公負帝死殉鯨鱝鐵膽如斗血淚成盂蛟龍夜嘯魑魅朝躑柱撐梁脊難挽滄桑然而人孰無死命靡有常能持節義始永馨香存亡胡恤成敗何傷煌煌史策屹屹城隍祈禱必應災患能防今者強敵軼牖侵堂礮飛棉藥舟走艅艎神器旁睨禍必包藏三里險要甲於泉漳未籌戰守罔固垣墻天狼倘照池魚必殃燕巢帷幕鱗入鼎鐺願公靈爽佑我赤蒼帽山欝欝浯水泱泱公如在上歆此一觴尚饗

禱城隍神驅疫疏

維光緒二十有一年歲次乙未閏五月朔辛丑越一日壬寅具官某某謹具疏于

勅封顯佑伯馬家巷城隍神之前曰陰陽休咎上天所司惟神奉職默拯其危烝民熙穰賴神庇之春祈秋報以祀以祠茲乃癘疫來自海湄流行日廣疾苦相隨昨發今斃晨哭夕洏巷無安宅塗有積尸晝游鬼魅術竭巫醫親朋問絕道路淒其某忝守土目覩創夷既難力挽能勿心悲藐躬涼德及身固宜胡天

不恤災我庶黎刑牲建醮籲乞
神慈爲民請命稽首壇壝聰明正直鑒此疏辭

舫山書院觀風告示

照得菁莪造士棫樸興賢人心隨運會而轉移風俗藉文章以考驗矧值聖明在上膠庠儲慈惠之師彬蔚呈才講誦沐甄陶之化十室必有忠信九畝不廢絃歌馬巷爲泉屬之一隅割同安之三里夙多理學蔚起英髦境雖處乎海濱家不乏乎世胄陳希儒讀書避世詹君澤匿跡隱居或代賢聖而立言或爲山川而生色釣磯島隱紹絕學於紫陽孟偉巖棲抱遺經於太武林次

崖一章見志新政暢其要言許子遜九歲能文出語驚其座客他如名將風流李氏存磨盾之集京卿淵雅蘇家多刻石之詞逸響遺風視今猶昔而況地有詩山獨饒詩意巒名文圃足助文情訪幼主之遺踪寶蓋峯前作賦認宮人之羅帊斑斕石上留題談怪則名巖出米食足三軍勤王而國士聯牀洞開五議地靈如此人傑可知本分府重來分守洵屬前緣取友必端渴慕名儒碩彥多文爲富廣求鉅製宏篇爲此示仰闔屬貢監生童知悉本分府定於某日親臨

觞山書院考課爾等先期報名預備試卷清奇濃淡須獨具大匠心博雅宏深當別開生面詞成翻水筆妙淩雲擲地而作金聲隨風而霏玉屑本分府親加月旦願熏佳士之爐香最忌雷同莫恃中郎之枕祕如果擅場有作拈鳳管以齊揮定看破壁而飛踏鼇峯而直上慰余厚望勉爾純修

馬巷集終

男資忠恭校

仲冬下浣七日三十六初度述懷

朱子簿同安年甫二十四一部大同集千秋傳資治吾年三十六泉南官半刺目親同安民足踐同安地生無匡濟才頗慕循良吏飲水思來源絲縷愼取棄早歲走天涯未厭嚮學志行篋疊古經得閒便從事所憾無師承難以明格致治身及治民兢兢緊寤寐凡事求務本世人笑迂僞故而三紀餘仍備閒曹位東坡謫杭州孤山縱游屐宏景薄朝請頭顱興悲懟可見古名賢遭遇亦顣頞瓣香文公祠私淑伸吾意

嘯臥亭弔明俞武襄

暮秋日光薄，虛亭凝積陰。嚴飈動幽壑，落木相侵尋。岸巾倚翠壁，曳履攀丹岑。田空饑雀集，（八月初二颶風，田禾大損）海闊潛龍吟。感茲在行役，蒼茫獨登臨。聞聲結瑶想，流眄豁素心。緬懷古賢達，蘊抱多深沈。勳蹟表史册，高名垂至今。當年此棲築，淡退傾霞襟。頤世正多事，艱難誰能任。往者不可作，芳躅猶堪欽。遐哉成公歗，渺矣牙生琴。海舟卷急浪，溪樹唬寒禽。俯仰托微尙，惻愴予懷深。

烈婦行

爲灣頭鄉民婦蘇陳氏作

五甲街頭有女子盼英其名陳其氏阿爺頭銜署冷官（父侯選訓導陳德瑩）阿母單生掌珠似十七于歸蘇圻荆瑟琴好合託生平上堂羹湯下堂織機聲夜伴讀書聲一衿未青郎所憾一舉得雄慰妾懋房幃甫聞湯餅香霹靂當空天地暗問年纔歷十九春此生已作未亡人藐孤好仗慈姑育鴆酒一盞辭紅塵人間旣無齊眉福地下唱隨自可續此婦殉夫非殉情足挽馬

巷招夫養子之惡俗玉隕蘭摧近十載殉節在光緒甲申閏五月二十日姓氏未經輶軒採鼇秀山前連理樹樹下至今雙棺在君不見島噫集中殉衣篇健寫洪和節操堅又不見鼇石先生亦佳室曾爲蘭姑揮椽筆二公雖往文獻存每從簡上弔貞魂搜巖剔穴本吾責鸞書指日旌其門

金門弔明監國魯王

大廈傾難獨木支人心推戴見當時中興一旅思龍種遺老孤忠泣豹皮跋扈將軍空寄命崎嶇海島孰

持危殘棋已覆猶爭劫宰樹蒼涼啟後疑

登嘯卧亭次明丁少鶴刻石韻二首錄一

儒將風流好聽潮城南磐石矗崔嵬健兒散後門生在亭爲武襄門人楊宏舉建亭子成時都督遥遺愛不隨泡影滅名區能辟劫灰銷剗苔遍讀摩崖句亭右石壁有明丁一中詩楊宏舉記新舊廳縣志及同治間新續金門志均云其文不可辨認今予錄其全首忘却飛濤滿袖飄

重九登太武山次明黃遥所韻六首錄一

太武巖高欲頂天宋時寺在小山巔寺建於宋咸湻間不將

冠蓋鶯雞犬爲具芒蔡謁佛仙寺先奉通遠仙翁今奉大士石窰

不容萸着種地偏賴有菊相延野僧却解迎官意火

急茶烹蟹眼泉在山麓以形似名

同文書庫·廈門文獻系列

第一輯

壹　王步蟾　小蘭雪堂詩集

貳　張茂椿　固哉叟詩集
　　翁吉人　寄傲山房詩鈔

叁　蘇大山　紅蘭館詩鈔

肆　沈琇瑩　寄傲山館詞稿　壺天吟

伍　林爾嘉　林菽莊先生詩稿

陸　李　禧　夢梅花館詩鈔

柒　余　謇　寶瓠齋襍稿（外三種）

捌　蘇警予　謝雲聲　甲子雜詩合刊　菲島雜詩　海外集

玖　羅　丹　稚華詩稿

拾　徐原白　同聲集

第二輯

壹　謝　祐　賦月山房尺牘

貳　黄　瀚　禾山詩鈔

叁　邱煒萲　揮麈拾遺

肆　林爾嘉　頑石山房筆記
　　李　禧　紫燕金魚室筆記

伍　蘇逸雲　臥雲樓筆記

陸　陳延謙　止園詩集
　　劉鐵菴　鐵菴詩存

柒　陳桂琛　陳丹初先生遺稿（外一種）

捌　賀仲禹　繡鐵盦叢集　繡鐵盦聯話

玖　蘇警予　二菴手札

拾　虞　愚　虛白樓詩

同文書庫·廈門文獻系列

第三輯

壹　胡鋐　椽筆樓初集
貳　吳錫璜　吳瑞甫家書（外一種）
叁　邱煒萲　菽園贅談
肆　蘇逸雲　臥雲樓雜著
伍　蘇警予　曠劫集
陸　黄伯遠　莊克昌　紅葉草堂筆記　感舊録
柒　葉長青　松柏長青館詩
捌　海天吟社　鷺江梅社　海天吟社詩存　鷺江乙組梅社吟草
玖　林爾嘉　菽莊叢刻（外二種）
拾　陳桂琛　近代七言絶句初續集

第四輯

壹　吳葆年　吳兆荃　繪秋樓詩鈔　小梅詩存
貳　呂徵　介石山房詩稿（外一種）
叁　邱煒萲　嘯虹生詩鈔
肆　李維修　寸寸集（外一種）
伍　沈觀格　拙廬談虎集
陸　江煦　草堂别集　圭海集
柒　謝雲聲　靈簫閣謎話初集
捌　曾兆鼇　玉屏書院課藝
玖　林爾嘉　菽莊小蘭亭徵文録　鷺江泛月賦選
拾　江煦　鷺江名勝詩鈔

同文書庫·厦門文獻系列

第五輯

壹　黄家鼎　馬巷集
貳　邱煒萲　五百石洞天揮麈（上冊）
　　邱煒萲　五百石洞天揮麈（下冊）
叁　李烺焜　懷谿樓詩稿（外一種）
肆　楊紹丞　壬申重陽集　虎溪踏青集
伍　蘇玉如　劫後餘吟
　　陳佩真
陸　蘇警予　厦門指南
　　謝雲聲
柒　茅樂楠　新興的厦門（外一種）
捌　吴雅純　厦門大觀
玖　陳世鎔　陳化成抗英事略